KB119961

불안 장애가 있긴 하지만 퇴사는 안 할 건데요

365일 불안을 안고 사는
n년차 직장인 에세이

불안 장애가 있긴 하지만 퇴사는 안 할 건데요

한 대리 지음

위즈덤하우스

프롤로그

고단한 하루를 버텼을 한 대리들에게

회사가 싫어 글을 썼다. 사무실 책상에 앉아 눈물을 참으며 노트 구석에 이런저런 불평을 잔뜩 적었다. '언젠가 이 힘든 이야기들을 모아 책을 쓰고 퇴사해야지' 하고 다짐했다. 어느 날 문득 내가 필요한 것은 퇴사가 아니라 진정으로 나를 돌볼 줄 아는 튼튼한 마음임을 알게 됐다.

나는 의사가 아니다. 우울증과 불안 장애가 완치됐다고 말할 수 없다. 여전히 "올해만 견디고 퇴사해야지"라고 습관적으로 말하며, 복권을 사면서 진심을 담아 새로운 미래도 그려 본다.

내 이야기가 다른 사람들에게 온전한 위로를 줄 것이라는 기대는 오만일 테다. 하지만 오늘도 고단한 하루를 버텼을 수많은 '한 대리'에게 책을 읽는 이 순간만은 혼자가 아님을, 혹은 절망의 한 가운데를 걷고 있을지라도 그것이 인생의 끝이 아님을 말하고 싶었다.

이 책은 2019년 봄, 처음 세상에 나왔다. 서울부터 제주까지 각 지역의 독립 서점을 통해 여러 독자를 만났다. 부족하고 서툰 나의 글을 읽고, 많은 사랑을 준 독자들 덕분에 이야기를 조금 더 보강해 책을 낼 수 있었다. 이 여정을 따뜻하게 지켜봐 준 모든 분께 감사를 전한다.

차례

프롤로그 • 고단한 하루를 버텼을 한 대리들에게 4

CHAPTER 1
✖
한 대리의
평범한 하루

가끔씩 이런 생각을 한다 12
다른 사람들은 어떨까? 14
어느 평범한 하루 16
불안은 나의 힘 20
어린이날 22
회사에 갈 수 없던 어느 날 24
이상한 나라의 한 대리 26
무엇을 위한 건강인가? 28
단체 줄넘기의 잔인함 30
엘레베이터 버튼과 마침표의 개수, 그리고 순발력 32
밥 좀 먹읍시다! 34
회사 생활에서 숨막히게 하는 말들 36
걱정, 어디까지 해 봤니? 37
전쟁터에서도 풀은 자란다 40
무언가를 보살핀다는 것 42
TV 보기의 어려움 44
그렇게 힘들면 퇴사를 하세요 46

CHAPTER 2

✖

한 대리의 발버둥

숨 막힘 공포증을 느끼다 50
상담을 받기 시작하다 52
아파도 되는 사람 53
문장 완성하기 56
정말 나 때문일까? 58
작은 시도 60
진짜 싫은 건 누구에게나 있다 62
안 보기 64
참 열심히도 살았구나 66
그들을 미워할 수 없는 백만 스물한 가지 이유 69
쉼에도 연습이 필요해 71
몸을 길게 뻗기 72
남 탓을 하는 마음 75
너무 까칠한 평가자 76
내가 진짜로 원하는 것이 뭐야? 77
좋은 순간 떠올리기 78
잠시 도망갈 수 있는 곳 82
나만의 리듬, 잠시 쉼 83
무엇 때문일까? 85
선택과 집중 87
좋아하는 것들 89
마음에도 이름이 필요해 90
과음은 금요일에만 하기 93
열심히 대충 94
맥주 한 잔 속 대화 95
머리를 감는다는 것 98

나는 나만의 속도로 간다 100
나름의 사명감 103
일단 나를 살리고 보자 105
할 수 없던 일들 107
익숙한 것으로부터의 탈출 108
비상 연락망 110
메모하기 112
깊은 잠과 불안은 친구가 될 수 없다 115
메일함 혹은 그 어떤 것이든 조금 멀리하기 117
극복해야 하는 이유 119
작고 사소한 행복 버튼 120
지겨워 죽겠네 122
증거 자료 만들기 123

CHAPTER 3
✖
조금 더
나아가 볼까?

병원에 가다 128
약을 먹는다는 것 132
작지만 큰 성취 134
당신이 겪을 수 있는 약 부작용 #1 136
이미지 만들기 138
상담과 병원의 차이에 대하여 141
실패는 흔한 일이다 143
나의 장점을 분명히 알기 146
당신이 겪을 수 있는 약 부작용 #2 148
거리 두기 149

미생이면 좀 어때? 152
벽장 속에서 나오기 154
두려움에 가려 알지 못했던 것 159
만약 161
꽤나 긴 시간이었다 162
회상 164
눈에 띄는 변화들 165
사실 이건 체력전이야 167
끝날 때까지 끝난 것이 아니다 169

CHAPTER 4
✖
조금 괜찮아져서 하는 이야기

털어놓지 못한 말들 172
묻고 싶은 것이 있다 175
이해 받기란 어려워 177
나의 몫, 나의 역사 179

CHAPTER 5
✖
그리고, 인터뷰

인터뷰를 한 이유 186
첫 번째 인터뷰 : 엔지니어이자 별명은 '참 개발자', 한 대리 남편 188
두 번째 인터뷰 : 교사이자 방탄소년단 팬, 한 대리 친구 193

에필로그 • 울면서 뚜벅뚜벅 198

CHAPTER 1

✖

한 대리의 평범한 하루

가끔씩 이런 생각을 한다

고요한 회사 사무실에 동료들의 컴퓨터 키보드 소리만 낮게 울려 퍼진다. 타자의 속도와 리듬만으로도 동료가 일이 잘 풀리는지, 곤경에 빠졌는지 알 수 있다. 아니면 나처럼 헛소리나 하면서 컴퓨터 마우스나 굴리며, 시간을 보내고 있을 수도….

'이 중에 정신 질환을 가진 사람은 있을까? 나 혼자일까? 아니면 서너 명 정도? 대부분?'

탁 탁 탁 탁

다른 사람들은 어떨까?

가끔 다른 사람들에게 묻고 싶다. 지금 이 상황이 괜찮냐고. 집에 가서 오늘 있던 일들을 곱씹지 않고 괴로움에 몸부림치지 않을 자신이 있냐고. 당신을 쓰레기 보듯 쳐다보던 팀장의 표정을 보지 못 했냐고. 서로가 마음에도 없는 말을 하며 겉으로는 웃는 표정을, 속으로는 욕하는 것을 알아도 왜 상처받지 않냐고.

출근 시간이 상사가 출근하는 시간으로 정해져 있는 것도 아닌데 예상보다 10분 정도 늦게 왔다는 사실만으로 상사에게 혼나도 마음이 아프지 않냐고. 당신은 프로젝트에 최선을 다했는데 상사의 마음에 들지 않는다는 이유만으로 비난받아도 자존심이 상하지 않냐고. 매번 손바닥을 뒤집듯 뒤집히는 상사의 의견을 다 받아주는 것, 정말 좋아서 그러냐고.

당신은 결혼해서 자녀가 있지만 갓 태어난 아기의 얼굴조차 못 보고 매일 야근해도, 당연한 듯 주말에 출근해도 어떻게 참을 수 있냐고. 당신의 가족은 이런 상사에 대해 어떻게 생각하고 있냐고.

아니, 그래서 당신은 당신에 대해 어떻게 생각하고 있냐고.

어느 평범한 하루

오늘도 나는 출근하기 위해 익숙한 파란색 버스를 타고 강남대로를 지난다. 직장인이라면 누구나 싫어할 월요일. 3일간의 긴 연휴를 지내고 난 후의 월요일이라 버스에 탄 사람들 얼굴도 퉁퉁 부었다. 사람들의 체온과 서로가 내뿜는 숨으로 버스 안의 온도는 올라가 창문에 하얗게 김이 서렸다. 누군가 창문을 조금 열자 주변에 있는 사람들이 후~ 하고 숨을 몰아쉰다.

이 버스에 탄 사람 모두 회사 사무실에 들어가면 언제 힘들었냐는 듯 다른 표정을 할 것이다. 마음속 투덜거림은 한편에 숨겨 둔 채로.

나는 여러 색깔의 옷 사이에 웅크려 서서 멍하니 오늘 해야 할 일들을 머릿속으로 그려 본다. 먼저 모든 업무의 우선순위를 정한다. 그리고 프레젠테이션이 있을 땐 적절한 문장과 도형의 배치까지 해 본다. 회사 밖에서는 회사 생각을 하지 않는 게 마음 건강에 좋다지만, 이렇게 머릿속으로 한 번 정리하면 회사에 오래 머무르지 않고도 해결할 업무를 마칠 수 있다.

어제는 동료가 신기한 표정으로 "한 대리는 어쩜 그렇게 문서 작성이 빨라?" 하며 물었다. 내가 출근길에서, 그리고 퇴근한 후 집에서 업무와 관련한 생각을 얼마나 하는지 동료는 모를 것이다. 올해도 열심히 일해서 좋은 평가를 받아야 내년에 연봉이 조금이라도 더 오르고, 자꾸 오르는 대출 이자도 갚을 수 있다. 혹시 여윳돈이 조금 생기면 미뤘던 강아지들 건강 검진도 하고, 아빠네 집의 얼룩진 천장 벽지도 새로 할 수 있다.

생각해 보니 오후 회의가 있는데 회의실 예약을 깜빡한 것 같다. 어제 해야 할 업무 리스트에 왜 적지 않았을까? 난 정말 멍청이인가. 나 때문에 회의를 못 하면 어떡하지? 다른 부서의 임원도 참석한다고 했는데 그분은 우리 부서 사람들이 다 나처럼 덜렁댄다고 생각할 것이며, 팀장은 이 일로 나를 조금 덜 신뢰할 것이다.

체증이 심한 강남대로가 더 갑갑하게 느껴지고, 느려 터진 이 버스에서 내려 회사까지 뛰어가고 싶다. 거기다 난 버스 맨 뒷좌석에 앉아 있다. 내리는 문까지 가려면 족히 열댓 명의 몸과 부딪혀야 하는데 자신이 없다. 그들에게 무례한 행동일 수도 있으니까. 버스에서 내리기 10분 전에 계획을 세워 문 앞까지 조금씩 갔어야 했다.

초조한 마음에 소매 끄트머리를 움켜쥐고 사무실로 뛰어가 회의실 현황 보드를 확인한다. 어라, 오늘따라 회의실들이 텅텅 비어서 아무 곳이나 쓸 수 있다. 안도감이 느껴짐과 동시에 피로가 몰려온다.

책상에 앉자마자 뜨거운 커피에 찬물을 타서 얼른 마시고 잠기운을 떨쳐 낸다. 그런다고 묵직한 피곤이 가시는 건 아니지만. 출근길에 머릿속으로 그린 프레젠테이션을 컴퓨터로 옮겨 작업해 본다.

프레젠테이션을 절반 정도 진행했을까. 오늘 유독 출근이 늦었던 옆자리 상사의 기분이 심상치 않다. 상사는 아이 둘을 키우는 워킹맘이다. 나는 상사가 아이들이 아파서 잠을 못 잔 것인지, 아니면 어제 내가 업무를 빠트린 것이 있는지 등을 곱씹어 본다. 상사가 요청한 문서도 완벽히 전달했고, 잠시 멈췄던 엑셀도 해결해 줬고 문제가 없는 것 같은데 이상하다.

바쁘지만 잠시 근처 약국으로 뛰어가 발포 비타민 한 개를 산다. 약사분이 무슨 성분인지 보지도 않고 사는 것이냐며 웃었다. 난 그게 중요한 게 아니니까. 빨리 상사의 기분을 해결해야 마음 편히 업무에 집중할 수 있다. 상사에게 슬쩍 발포 비타민을 건넸더니, 어제 둘째 아기가 아파 잠을 못 잤다며 고맙다고 웃는다.

불안은 나의 힘

'불안'만큼 힘이 강한 것이 있을까?

대학생 때는 불안감에 쫓겨 열심히 공부했으며, 시간표는 항상 빼곡하게 채워져 있어 학기 내내 쉴 틈이 없었다. 나는 동기 중 가장 빠르게 직장을 찾았다. 잠시라도 내가 생각한 것과 다른 길을 걸으면 나를 둘러싼 세계가 무너질 것 같았다.

직장인이 되어서도 다른 사람들의 미움을 살까 봐 늘 웃었고, 혹시라도 무능력해 보일까 봐 주어진 일을 지나칠 정도로 빠르게 끝냈다. 그렇지 않으면 잠이 오지 않았다. 잠자리에 들어서도 일하는 꿈을 꿨다. 어쩔 땐 회사에서 깜빡했던 사소한 업무가 꿈에 나타나 잠에서 깨기도 했다.

침대 머리말에 메모지를 두던 날도 있었다. 바쁠 때는 꿈에 회사와 관련한 이야기가 나오면 기쁘기까지 했다.

나는 집에서도 마음 편히 쉴 수 없었다.

나에게 '엄마'에 대해 써 보라고 한다면 종이를 백 장, 천 장을 줘도 모자랄 것 같다. 나는 우리 엄마를 너무도 사랑해서 때때로 마음이 아팠고, 가끔은 엄마의 슬픔이 나에게 분노가 될까 봐 무섭기도 했다.

퇴근 전에는 항상 엄마에게 전화를 걸었다. 기분이 안 좋은 목소리가 들리면 엄마가 좋아하는 브랜드 숍에 가서 선물을 잔뜩 샀다. 생각해 보면 엄마를 위한 행동은 아니었다. 나의 미안하고 두려운 마음을 달래기 위한 선물이었지.

어린이날

회사 사무실에 직급이 높으신 분들이 없는 날을 "어린이날"이라고 부른다. 어린이라고 하기에는 비록 나이가 들었지만 말이다. 각 부서장이 없는 날은 부장급의 출근이 늦어진다. 어떤 날은 맞물려 부장급까지 없으면 사무실에는 사람이 거의 없다.

어느새 사무실의 공기가 가볍게 느껴지고 회사 동료들의 목소리도 한 톤 높아진다. 그리고 한두 명씩 모여 와그작거리며 과자 먹는 소리, 빨리 나가려고 외투를 챙기는 소리 등 평소와 다른 즐거운 소리가 들린다.

해가 떨어지기도 전인데 사무실이 한산하다. 모두 각자의 행복을 찾아 떠났기 때문이다. 헬스장, 도서관, 회사 밖 어디로든….

무엇을 물어보거나 요청하기 전, 동료들의 표정을 살펴야 마음이 편한 나에게 이런 날은 최고로 일할 맛이 나는 날이다. 좋아하는 노래를 들으며 밀린 일을 척척 처리하고 있노라면 나름 회사도 다닐 맛이 나는 것 같다. 오늘만큼은 동료들의 기분 나쁜 표정을 볼 일이 없으니, 업무 요청 메일을 열 개 정도 보내고 얼른 퇴근해야지.

회사에 갈 수 없던 어느 날

어느 날 아침, 눈을 뜨자마자 회사에 갈 수 없다는 느낌을 받았다. 어떤 곳이 특별히 아프거나 무슨 일이 있는 것도 아니었다. 나는 겨우겨우 상사에게 문자를 보내고, 휴가 결재를 올린 뒤 바로 잠들었다.

나는 자는 동안 여러 번 가위에 눌렸다. 꿈속에서 회사로 출근한 나는 수없이 많은 메일을 확인하고 있었으며, 모든 업무는 뒤죽박죽으로 엉켜 엉망이 돼 있었다. 꿈꾸는 내내 허둥지둥 뛰어다녔고 겨우 잠에서 깼을 때는 오후 다섯 시가 다 되어 가고 있었다.

갑자기 무서웠다. 내일도 회사에 갈 수 없을까 봐. 이불에서 나오지 못한 채 계속 무서워하다가 집 안에 갇히지 않을까? 나는 돈은 물론 기운도 없어서 아무것도 못 하는 사람이 되어 버린 채 천천히 죽어 갈까?

이상한 나라의 한 대리

팀장은 중요한 업무 보고를 앞두고 있을 때 항상 온몸에 두드러기가 생긴다. 몸이 간지러우니 업무에 제대로 집중할 수 없어 온 신경이 곤두선다. 그리고 회사에 업무 보고를 끝내고 나면 열병을 앓는다. 어린아이도 아닌데 무슨 열병을 앓는지…. 팀장은 열병이 한차례 지나가야 새로운 일을 할 수 있는 기운이 생긴다고 했다.

내 뒷자리에 앉은 차장은 종일 다리를 떤다. 차장은 아들 생일 때도, 본인 몸이 아플 때도 집에 가지 않고 회사에 남아 일한다. 나는 왜 집에 가지 않는 것인지 궁금해서 물었다. 집에 가지 않고 회사에 남아 일하는 이유를 '총 쏘기 게임'에 비유했다. 일은 마치 상대편인 적처럼 마구 쏟아져 나오지만 그렇다고 일을 해결하지 않고 집에 가면, 아무 장비 없이 그 자리에 서 있는 느낌이라고 했다.

우리 팀 옆 파트 과장은 모든 사람을 싫어한다. 일단 아무 이유도 없이 사람을 싫어한 후 그 사람을 좋아해야만 하는 이유를 하나씩 찾아간다. 나는 왜 그러는지 궁금해서 물어봤다. 이유는 단순했다. '그 사람이 자기를 싫어할 수도 있기 때문이라는 것'.

어라, 이상하다. 회사에서 이상한 사람은 나 하나일 것이라 생각했는데, 아무래도 나 빼고 다 이상한 것 같다.

무엇을 위한 건강인가?

회사 사무실에서 우리 팀원들 자리를 가만히 들여다보면 컴퓨터를 제외하고 가장 많이 자리를 차지하는 것은 업무 관련 책도, 문서도 아니다. 바로 프로폴리스, 홍삼, 비타민 등 몸에 좋다고 방송에 나온 온갖 종류의 영양제. 다들 이렇게 몸을 잘 챙기는데 왜 아픈 걸까?

다른 사람 이야기하는 듯 말했지만 나도 대여섯 가지의 영양제를 먹고 있다. 면역력에 좋다는 유산균, 요즘 부쩍 기운이 없으니 홍삼, 컴퓨터 모니터를 오래오래 봐야 하니까 눈에 좋은 루테인, 햇볕을 못 쬐니까 비타민 D, 그리고 간식 대신 먹는 비타민 젤리.

옷은 빈티지 숍에서 만 원짜리를 사 입으면서도 어쩐지 영양제는 가격도 보지 않고 팍팍 사는데, 그 이유는 대부분 '일할 때 기운이 없으니까'로 단정을 짓는다. 참 나, 그렇게 퇴사하고 싶다는 말을 달고 살면서 일할 때 좋은 영양제들을 이렇게나 챙겨 먹다니 웃긴다.

일할 때 먹는 좋은 영양제 말고, 한 알만 먹으면 없던 용기가 샘솟는 약이 있었으면 좋겠다. 화나지만 무서워서 말하지 못하는 순간에 힘이 나거나 겁나서 가지 못하던 곳도 갈 수 있게 해 주는 약. 그래서 사랑하는 사람들과 좀 더 긴 시간을 보낼 수 있다면 얼마나 좋을까.

단체 줄넘기의 잔인함

선천적 몸치, 박치, 운동치인 나는 어렸을 때 운동회가 참 싫었다. 특히 달리기, 멀리뛰기를 못해서 마음 편하게 꼴찌를 하기도 했다. 하지만 나만 못하는 것으로 끝날 수 없는 것이 있었으니, 바로 '단체 줄넘기'였다. 내가 실수하면 우리 팀이 다른 팀에게 지기 때문이다. 박자에 맞춰 뛸 줄도 모르는 한심한 발이 딱딱한 밧줄에 턱- 하고 걸리는 느낌은 아프기보다는 비참했다.

'미안해, 나 때문에 다 망했어….'

친구들에게 용서받을 수 있다면 그 자리에서 무릎이라도 꿇고 엉엉 울고 싶었다.

회사 생활도 어렸을 때 했던 '단체 줄넘기'와 같다. 같이 일하는 팀원들이 힘을 합해 이뤄야 하는 목표가 있지만 서로 손을 잡을 수도, 힘을 나눌 수도 없다. 만약 목표 달성에 실패한다면? 팀원들은 책임 소재가 누구에게 있는지 단번에 알아내서 그 사람에게 핑계조차 댈 수 없게 할 것이다.

내가 낸 아이디어로 진행한 프로젝트가 완전히 실패했을 때, 내가 쓴 업무 보고서의 한 문장 때문에 내 상사가 된통 혼나고 올 때…. 아무도 대놓고 나를 비난하지는 않았지만 붙잡고 해명하고 싶다. 내가 일부러 줄을 못 넘게 방해하려고 한 건 아니라고 말이다. 나도 박자에 맞춰 뛰고 싶었는데 이번에 타이밍이 안 좋았나 봐, 아니면 줄을 돌리는 사람이 잘 못 돌렸나 봐. 다 변명이고.

"미안해, 미안합니다. 다 나 때문이에요."

엘리베이터 버튼과 마침표의 개수, 그리고 순발력

하루는 옷을 가득히 사고 두 손에 쇼핑백을 든 채 아파트 엘리베이터를 탔다. 문이 닫히려고 하는 순간 아랫집 사람들이 헐레벌떡 뛰어오는 소리를 들었다. 나는 깜짝 놀라 열림 버튼을 누르려고 했지만 내 손은 닫힘 버튼에 가 있었고, 아랫집 아저씨와 눈만 마주치며 문은 닫히고 말았다. 지금도 그 아저씨에게 해명하고 싶은 마음이 있다.

'그때 일부러 엘리베이터 문 닫은 거 아니라고. 나 나쁜 사람 아니라고.'

메신저를 하다가 가끔 친구가 '응..' 이라고 대화를 끝낼 때 손에서 땀이 난다. 그리고 대화한 내용을 다시 훑으며 내가 언짢게 한 게 있는지 찾는다. 한번은 못 참고 친구에게 물어본 적이 있다.

"근데 왜 마침표를 두 개나 찍었어…? 나한테 화난 거 있어…?"라고. 아주 많은 마침표도 함께.

우연히 길에서 회사 선배를 마주친 날이 있었다. 선배가 환히 웃으며 "잘 지내죠? 휴가는 다녀왔어요?"라고 물었다. 하지만 갑작스럽게 마주친 상황에 당황한 나는 "아직 안 다녀왔어요!"라고 외치며 후다닥 도망을 갔다. 오, 마이 갓! 왜 이렇게 센스가 없는 것인가. 적어도 "아니요, 선배는 다녀왔어요?" 하고 물었어야 했다. 그 뒤로 나는 길바닥만 보고 다닌다. 내가 또 순발력 없게 아무 말로 대화를 망칠까 봐.

밥 좀 먹읍시다!

별다른 낙이 없는 회사 생활을 계속할수록 점점 원초적인 것에 집착해서 어느 순간 머릿속에는 점심 메뉴만 있다. 나는 출근하자마자 회사 구내식당 게시판을 확인하는데 별로 마음에 드는 메뉴가 없으면 아침부터 우울하다.

사실 점심 메뉴보다 더 우울한 것은 불편한 '점심 파트너'다. 가끔 상사가 대리급 마음을 관리한답시고 이상한 경양식 집에서 이 맛도 저 맛도 아닌 파스타를 사 주는데, 열 번 중 아홉 번은 꼭 체한다. 그래서 상사와 점심 약속이 잡히면 식당에 가기 전 약국에 들러 소화제를 산다. 식사 내내 대화에 빈틈이 생기거나, 음식이 모자라거나 음식이 너무 뜨거워서 서로 불편한 일이 생길까 봐

밥이 어디로 넘어가는지도 모르게 식사 시간이 끝난다.

쏟아지는 업무로 몸조차 너무 힘들 때 상사와 점심까지 먹으면 급체로 쓰러질 것 같아서 사람들이 점심 먹으러 나가기 전 근처 스타벅스로 전력 질주해 도망갔다. 가장 구석진 자리에 옹송그리고 앉아 덜 데워진 파니니와 아이스 아메리카노를 먹었다. 이때 난 성인이 돼 처음 맥주를 샀을 때 느꼈던 해방감을 맛봤다. 한국인은 밥심으로 산다고 믿는지라 한 끼라도 쌀을 먹지 않으면 손이 부들부들 떨렸지만 그래도 행복했다.

제발 점심 한 끼는 마음 편하게 내버려 두었으면 하는 바람을. 이 글을 읽고 있는 부장, 지점장, 팀장, 소장, 랩장 님 등에게 말하고 싶다.

"우리 서로 마음 편하게 밥 좀 먹어요. 제발!"

회사 생활에서 나를 숨막히게 하는 말들

"한 대리만 믿어."

"내가 이렇게 될 거라고 했잖아."

"이게 뭔데 저한테 요청하는 거죠?"

"약간 덜렁대는 편이네요."

"좀 웃어 봐~!"

"오늘 컨디션이 왜 그래? 우울증 걸린 사람처럼."

"한 대리는 열심히는 하는데 열정이 부족한 것 같아."

"오늘 저녁에 특별한 일 있어? 저녁 먹고 서류마저 볼까?"

"한 대리는 걱정이 없어 보이네."

"생각은 하고 보고서를 쓴 거야?"

걱정, 어디까지 해 봤니?

주말 아침, 갑자기 금요일 퇴근 직전 보낸 메일에 첨부 파일이 빠진 것 같아 택시를 타고 회사에 갔다. 어차피 주말이라 아무도 메일을 보지 않겠지만 그래도 월요일 아침에 누군가 빠르게 출근이라도 하면 날 바보로 알 수도 있으니까. 회사에 가 메일을 확인해 보니 첨부 파일은 아주 잘 붙어 있었다.

나는 가끔 마음에 걸리는 일이 있을 때 다이어리에 친구의 이름을 따로 적는다. 내가 던진 농담에 표정이 조금 굳어졌던 친구, 내가 실수로 메일을 잘못 보내 엉뚱하게 일을 처리해야 했던 선배, 오랜만에 우리 회사 사무실에 들른 김에 잠시 얼굴이라도 보자고 했는데 바빠서 거절했던 동기 등이 적혀 있다. 갑자기 연락해서 한 달 전 일을 사과하면 이상하니까 그들의 생일이 오기만을 기다렸다. 생일을 핑계 삼아 기프티콘을 보내고 옛날 일도 곁들여 사과하면 마음이 편해졌다. 정작 사과를 받은 상대방은 황당했겠지만….

불안은 회사에서만 생기는 건 아니었다. 초보운전자인 친구가 브레이크 대신 액셀을 밟는 바람에 가벼운 접촉 사고가 난 적이 있다. 그 이후로 자동차 운전석의 옆자리에 타기만 하면 한쪽 발에 쥐가 났다. 나도 모르게 브레이크를 대신 밟고 있느라.

데이트할 때도 걱정은 고난도에 이른다. 집에서 나와 목적지의 중간쯤을 가고 있노라면 내가 깜빡했을 수도 있는 모든 것이 머릿속에 떠올랐다. 고데기 전원은 껐는지, 가스레인지 밸브는 잠갔는지, 선풍기 전원은 끄고 왔는지 따위를 걱정하느라 아무것도 즐겁지 않았다.

선풍기의 과열로 우리 집에 불이 나서 키우는 강아지들이 연기에 질식한 모습이 자꾸 그려졌다. 갑자기 남자친구에게 집에 간다고 하면 이상해 보일까 봐 체한 것 같다고 핑계를 대며 서둘러 집으로 갔다. 다행히 우리 집은 불에 타지도 않았고, 강아지들이 연기에 질식하지도 않았다. 나는 평화로이 잠자는 강아지들을 안고 나서야 마음을 놓을 수 있었다.

HELP!
ON

전쟁터에서도 풀은 자란다

회사 사무실 창틀 앞에는 온갖 화분이 줄 서 있다. 대략 창문 한 칸에 열 개 정도다. 창문이 적어도 한 면에 열다섯 칸은 될 테니 개수를 세려면 한참 걸린다. 이 화분들은 우리 층을 관리해 주는 분의 작품이다. 이 많은 화분이 다 어디서 났는지 궁금해서 물었더니 전부 사람들이 자리를 옮길 때마다 버리고 간 것이라고 했다.

우리 층을 관리해 주시는 분은 무심함 사이에서 아무렇게 뻗은 가지들을 항상 예쁘게 다듬으며, 영양제도 꽂아 준다. 누군가 휴직하거나 퇴사하는 날은 어김없이 나타나 화분들을 거둔다. 회사를 나가면서 화분을 챙기는 사람은 거의 없으니까 말이다.

참 신기하다. 자신이 가진 에너지를 누군가에게 불어넣는 사람이. 좋아하는 일에 마음을 다하고, 그것을 지키려고 용기를 내는 것이 말이다.

나는 업무로 쌓인 이메일을 확인하는 것, 상사의 기분을 살피는 것 말고 언제쯤 내게 소중한 것을 살필 수 있을까?

무언가를 보살핀다는 것

우리 집에는 화분이 아홉 개가 있다. 금귤, 재스민, 그리고 10개월간 아기 사이즈를 유지하고 있는 율마…. 이 아이들은 키운 지 일 년이 조금 넘었다. 아홉 개의 화분이 있기까지 우리 집을 지나간 식물을 세어 보면 스물다섯 개는 된다. 우리 집에 오자마자 과한 습기로 운명을 달리한 이름 모를 다육이들, 일 년을 넘게 키웠지만 깍지벌레의 습격에 초토화된 바질까지. 식물들이 시들어 가는 모습은 각기 다른데 어떤 식물은 이파리를 우수수 떨구기도 하고, 어떤 식물 잎은 갑자기 노랗게 변한다.

식물에게 물을 주는 날이 제각기 달라서 달력에 표시했다. 거기다 매번 흙 상태도 꼼꼼히 확인하며 식물에 물을 줬다. 이제는 내가 식물들과 좀 친해졌는지, 잠깐만 보아도 물이 모자라는지 알 수 있을 것 같다.

성인이 되고 나서 좋아했던 게임이 있다. 이름부터 무진장 쓸쓸한 '비 내리는 단칸방'이라는 게임이다. 게임을 시작하면 얼굴이 창백한 아이가 눅눅한 단칸방에 쪼그리고 있다.

게임 초반에는 이 아이에게 말을 걸어도 대답하지 않는다. 이 아이에게 관심을 가지고 조금씩 다가가야 이야기를 털어놓는다. 친밀도가 높아지면 아이의 방을 예쁘게 꾸밀 수 있다. 게임 초반과 달리 아이의 표정이 점점 밝아진다. 특히 산산조각이 난 창문을 새것으로 바꿔 주었을 때 가장 뿌듯했다. 이 게임은 캐릭터와 아주 오랜 시간을 보내며, 친해진 후에야 단칸방 밖으로 산책하러 나갈 수 있다.

어떤 것이든 보살핀다는 건 참 어려운 일이다. 내 마음도, 다른 사람의 마음도.

TV 보기의 어려움

나는 쉬는 게 어렵다. 그래서 친구들에게 퇴근 후에 무엇을 하는지 물어봤다. 보통 아무 생각 없이 TV를 본다고 했다. 소파에 누워서 아무 채널이나 고정해 두고 손에 리모컨을 잡고 있을 때 특히 잠이 잘 온다고 한다. 하지만 불안이 늘 존재하는 나에게 TV를 보는 것은 쉬운 일이 아니다.

친구들이 흔히 본다는 액션 영화는 나에게 너무 자극적이다. 레이싱 장면이 나올 때는 차에 탄 사람들이 걱정된다. 악당이 총알을 여러 번 쏘는 장면이 나올 때는 주인공이 맞지 않은 총알은 누가 맞았는지 꼭 확인한다.

나에게 쓸데없는 걱정만 안겨 주는 공포 영화는 당연히 보지 않는다. 그렇다고 멜로드라마를 보는 것도 아니다. 멜로드라마라도 어느 정도의 스릴이 동반되기 때문에 웬만하면 보지 않는다. 어쩌다 드라마를 보기 시작할 때는 한 번에 모든 에피소드를 전부 몰아 보아야 잠이 편히 온다.

예능 프로그램도 마찬가지다. 출연자들이 서로에게 건네는 농담이 조금만 거칠어진다 싶으면 마음이 콩닥거리고 긴장이 된다. 또 열 명 정도의 사람이 한꺼번에 등장하면 열 명의 표정을 골고루 살핀다. 마치 PD라도 된 것처럼 말이다. 행여나 좋아하던 연예인이 리얼리티 예능에 나오면 아예 채널을 돌린다. 혹시라도 그 사람이 스쳐 지나가듯 말한 한마디에 내가 실망할까 봐.

아, 다들 TV를 보면서 어떻게 쉬는 것일까?

정말 너무 피곤하다.

그렇게
힘들면 퇴사를
하세요

어른들은 왜 책 속에 길이 있다고 했을까? 나처럼 회사를 다닐 때 마음이 힘든 사람들은 어떻게 극복하는지 알고 싶어서 서점에 들렀다. 그런데 웬걸, 마음이 힘든 사람들은 전부 다 퇴사를 했으며 심지어 '당신도 퇴사할 수 있다'라고 퇴사를 권하기까지 했다.

그런데 나는 그럴 수 없다. 연봉보다 높은 대출이 있다. 은행에서는 퇴사하면 한꺼번에 빌린 금액을 상환해야 한다고 했다. 모아 둔 돈은 당연히 없다.

나는 지금까지 회사에서 좋은 평가를 받았으며 연봉도 차곡차곡 올랐다. 게다가 월급이 달마다 어김없이 통장에 들어오는데

도, 돈 걱정에 잠을 이루지 못하는 날이 부지기수다. 지금도 무기력한데 퇴사했을 때 그다음이 무엇이 되었든 제대로 준비할 자신이 없다. 아마도 나는 이불 속에서 천장을 바라보며 끊임없는 나쁜 생각의 소용돌이 속에 빠져 있을 것만 같다.

CHAPTER 2

✖

한 대리의 발버둥

숨 막힘 공포증을 느끼다

평소와 다를 것이 없는 겨울이었다. 내년 계획을 논의해 보자는 상사의 말에 팀원들은 슬리퍼를 끌며, 졸음 방지용인 커피를 들고 회의실에 모였다. 이 와중에 나는 상사의 눈에 띄지 않는 곳에 앉으려 애썼다.

"우리가 의견을 내는 게 무슨 의미가 있어? 어차피 본인이 하고 싶은 대로 할 거면서…."

"그냥 임원들이 싹 정해서 알려 주면 좋겠는데."

팀원들은 투덜댔지만, 상사가 회의실에 들어오자 바로 조용해졌다. 나는 전날 뒤숭숭한 꿈자리 때문에 잠을 제대로 자지 못해 정신이 몽롱한 상태였다. 갑자기 회의 도중에 누군가 요상한 재

채기 소리를 내자 모두가 웃음을 터뜨렸다. 사람들의 웃음소리가 회의실의 벽을 타고 메아리처럼 울렸다.

갑자기 나는 머리가 띵하고 돌며, 숨이 막히기 시작했다. 이대로 회의실에서 죽을 수 있을 것 같은 느낌이 들었다. 죽을 때 죽더라도 회사에서 죽는 건 아니었으면 했는데 말이다. '천식인가? 협심증인가?' 평소 알고 있었던 병명이 머릿속에 떠올랐다. 더는 못 참을 것 같아 상사에게 말하고 급히 회의실을 나왔다.

회의실에서 나오는 순간, 영화 〈그래비티〉에서 봤던 장면이 생각났다. 주인공 '샌드라 블록'이 우주선 안에서 엄청난 압력을 견디다가, 마침내 어디인지도 모르는 곳에 도착해 숨을 쉬는 장면이 나오는데 지금 내 상황과 비슷했기 때문이다. 병원에 가야 할까? 그런데 의사에게 뭐라고 설명해야 할지 모르겠다. 병원에 가면 의사가 "스트레스성이니 좀 쉬세요"라고 말하며 의미 없는 소견을 줄 것으로 생각해서 나는 결국 병원에 가지 않았다.

화장실 한구석에 앉아 울었다. 몸이 자꾸 이유 없이 아파서 일에 소홀해지는 게 억울하고 서러웠다. 마음을 조금 진정시키고 다시 회의실로 돌아갔다. 모두가 점심을 먹으러 갔는지 아무도 없었다.

미처 정리하지 못한 커피잔만 남아 있을 뿐.

상담을 받기 시작하다

나는 그 후로 몇 번의 숨 막힘 공포증을 경험하고 나서야 심리 상담을 받기 시작했다.

서른 살을 지나 사회생활을 몇 년 더 견뎌내며 내 마음이 조금 단단해졌다고 생각했다. '헤어짐'과 '상처' 같은 것에 의연하게 대처할 수 있게 된 줄 알았다.

심리 상담 센터에 도착해 푹신한 소파에 앉자마자 꾹꾹 눌러 왔던 감정들이 쏟아져 나왔다.

'얼마나 답답했니? 나의 감정들아, 한 번도 세상 밖에 나오지 못했으니….'

아파도 되는 사람

내가 상담 치료를 시작하면서 가장 집착했던 질문이 있다. '과연 나는 아파도 되는 사람인가?'다.

내가 털어놓는 정말 사소한 아픔에도 심리 상담사는 "정말 힘드셨겠어요"라고 말하며 고개를 끄덕였지만 아무래도 믿어지지 않았다. 내 상처는 아무도 기억하지 못하는, 어쩌면 아무 일도 아니었던 순간들의 합이었다. 친구들과의 술자리에서 그저 안줏거리 정도로 씹어 넘기곤 하던. 나를 설명할 수 있는 제대로 된 줄거리 하나 없는 탓에, 뭐가 그렇게 아프고 불안한지 설명하기까지는 늘 오래 걸렸다.

심리 상담사는 “정말 제가 아파도 되는 사람이에요?”라고 여러 번 반복하는 나의 질문에 한 번도 제대로 된 답을 주지 않았다. 그래서 그런지 여전히 ‘내가 아파도 되는 사람’인지 알고 싶다. 내 질문에 아직 제대로 된 답을 얻지 못해서 무시로 나의 불행을 남들의 것과 비교하려 든다.

하지만 깨달은 것이 하나 있다. 내가 행복해지고 싶다는 전제하에 지금 당장 행복 지수가 높은 나라로 떠난다고 해도 난 그곳에서 절대 행복할 수 없다는 것.

지금 나에겐 행복을 찾는 것보다

내가 가진 생각과 감정들을 잘 다스릴 수 있는

방법을 찾는 것이 먼저다.

문장 완성하기

상담 치료를 진행하기 전 두 가지 검사를 했다. 하나는 미네소타 다면 인성 검사(MMPI)*, 다른 하나는 문장 완성 검사(SCT)*다. 다면적 인성 검사는 문항이 500개가 넘는다. 검사를 받을 때 회사가 바빠 시간이 없었던 시기라 질문들이 잘 기억나지 않는다. 마음이 급해 거짓말할 틈도 없이 있는 그대로 답을 적었다. 하지만 직접 손으로 써서 채워야 하는 문장 완성 검사에서는 유독 자신이 없어서 망설여졌다.

* 미네소타 다면 인성 검사 : 4가지 타당도와 10가지 성격 등급을 기준으로 작성한 질문지로 각 개인이 가진 성향 등을 평가한다.
* 문장 완성 검사 : 미완성의 문장이 질문지가 되어 완전한 문장으로 답을 하도록 유도한다. 사용한 언어로 개인의 특성을 파악할 수 있다.

내가 정말 원하는 것은 ______________________________

최대한 빨리 빈칸을 채워야 한다고 생각했지만 이 질문만큼은 한참이나 고민했다. 놀랍게도 지금 이 상황에서 오랫동안 벗어나고 싶다고는 생각해 왔지만, 정말 원하는 것이 뭔지는 한 번도 고민해 본 적이 없었다.

결국 나는 한참의 고민 끝에 '자유로워지는 것'이라고 적었다. 늘 나를 짓누르고 있는 피곤으로부터, 온갖 걱정으로부터 말이다. 일상생활을 잘 할 수 있는지에 대한 무의미한 걱정과 주변 사람에 대한 지나친 관심도 물론 포함이다. 여행이나 휴가를 갔을 때도 걱정 없이 지내본 적이 없었다. 시간만 생기면 자꾸 쓸모없는 생각이 떠오르기 때문이다.

나는 모든 걱정에서 벗어나고 싶었다. 걱정에서 멀어져 가뿐한 상태가 어떤 느낌인지 경험해 보고 싶다.

정말
나 때문일까?

조성모의 〈가시나무〉라는 노래 가사처럼 내 속에는 내가 너무 많았나 보다. 세상에 일어나는 모든 일이 다 내 탓이라고 생각했으니까. 상사의 기분이 안 좋아도 내 탓, 하는 일이 잘 안 풀려도 내 탓, 컴퓨터 성능이 떨어지는 것도 내 탓, 회사 행사를 잡은 날에 비가 오는 것도 내 탓….

내가 내 탓이라 생각한 것 중 진짜로 나 때문인 건 얼마나 있을지 궁금할 때는 거꾸로 생각해 보면 쉽다. 오늘 상사의 심기를 건드린 일이 있었나? 하던 일을 망치려고 내가 한 것이 있는가? 컴퓨터 성능을 떨어뜨리기 위해 무엇을 했었나? 기우제를 지냈나?

이 세상에 내가 발휘할 수 있는 영향력은 아주 적다. 특히 날씨

나 다른 사람의 기분 등은 내가 신경 쓴다고 바뀌는 것이 아니다. 그러니까 너무 심하게 내 탓을 하는 행동은 아무 짝에도 쓸모가 없다.

작은 시도

내가 진짜 하고 싶은 말을 입 밖으로 내뱉어 본 게 언제인지 기억나지 않는다. 반대로 내가 가장 자주 하는 거짓말은 바로 말할 수 있다. 바로 '그럼요!'이다.

A 상사: 이거 오늘까지 해 줄 수 있어?

나: 그럼요!

B 상사: 아까 내가 좀 말실수한 것 같은데, 괜찮아?

나: 네, 그럼요!

A 상사가 말했을 때 나는 업무를 당장 정리하는 것이 버거웠

으며, 나에게만 쏟아지는 일이 너무 과도하다고도 느꼈다. B 상사의 말실수도 사실 하나도 안 괜찮았다. 내가 늘 웃는 표정을 하고 있다는 이유로 무례하게 대하는 게 불쾌했다. 상담 치료를 하면서 내가 진짜로 하고 싶은 말이 무엇이었는지 생각해 보려는 시도를 했다.

예를 들면 "회의 중이니 메신저로 연락해 주세요"라고 이야기했는데 자꾸 전화하는 A 상사에게는 "회의 중이니 메신저로 주세요!"라고 단호하게 말하고 싶었다. 그리고 내가 허락하지 않았고 친한 사이도 아닌데 반말로 업무를 지시하는 B 상사에게는 "업무를 할 때만이라도 존댓말을 써 주세요"라고 말하고 싶었다.

그러면 여기서 바로 실행에 옮겨도 문제가 없으며 스스로도 괜찮다고 생각하는 것은? 첫 번째는 누가 들어도 합리적인 답으로 보인다. 두 번째는 회사에서 반말하는 건 이상하지만, B 상사가 워낙 다혈질이라 차마 용기가 나지 않는다.

그래서 나는 첫 번째만 실행에 옮긴다. 굳이 겁나는 행동을 할 필요는 없기 때문이다.

결과는 어떻게 됐냐고? 우습게도 상사는 내 요구를 흔쾌히 받아들였으며, 내가 상상했던 나쁜 일은 없었다.

진짜 싫은 건 누구에게나 있다

나는 모르는 사람에게 일을 부탁하는 것을 끔찍이 싫어한다. 회사에서는 전혀 알지 못하는 사람에게 업무를 부탁하고 받아내야 하는 일들이 끊임없이 생기는데, 이런 일이 생길 때마다 심장이 빠르게 뛰었다. 이런 사소한 일도 못 해서 회사를 얼마나 더 다닐 수 있을까?

이 질문에 대한 답은 의외로 상담 치료를 통해서가 아닌 A 동료와의 대화에서 찾았다.

A 동료: 한 대리님은 문서를 작성하는 일이 굉장히 빠른 것 같아요.

나: 제가요? 저 겁이 많아서 누구한테 연락하기 전에 세 시간씩 고민해요.

A 동료: 그게 무슨 상관이에요?

나: 못하는 게 아직 많은데, 연차가 여기서 더 쌓이면 새롭게 기획하는 일도 맡아야 할 거고….

A 동료: 그럼 기획 잘하는 팀원이랑 같이 일하면 되죠.

나: 그런 건 원래 선배가 나서서 해야 하는 일 아닌가요?

A 동료: 지금 우리가 작성하고 있는 문서도 보통 선배가 하죠.

A 동료의 말도 틀린 게 아니다. 그러고 보니 내 선배였던 분은 문서를 작성하는 일을 정말로 싫어했다. 그러면서 낯선 사람에게는 뭔가 해 달라고 하는 일은 얼마나 잘하는지 모른다. 누구에게나 진짜 하기 싫은 건 있다. 그리고 내가 모든 일을 다 잘할 필요도 없다.

만약 미치도록 하기 싫은 일이 있다면 그 일을 잘하는 사람에게 부탁하는 것도 나쁘지 않을 것 같다.

안 보기

'Out of sight, Out of mind'라는 영어 속담이 있다. 시야에서 벗어나면 마음에서도 벗어난다는 의미인데, 이것처럼 회사에서 꼭 필요한 전략도 없다.

회사마다 환경이 다르겠지만 보기 싫은 사람을 안 볼 수 있는 방법이 있다. 회사에서 자리 이동이 자유롭다면 보기 싫은 사람과 자리 위치를 가급적 먼 곳으로 하면 좋다. 하지만 자리 이동이 어렵다면 웬만하면 보기 싫은 사람의 얼굴을 자주 바라보지 말자. 처음에는 '과연 이게 옳은 행동인가?'도 싶었지만 어쨌든 내 마음 하나 편하다면 되지 않을까 싶다.

나는 업무상 자리를 바꾸기가 어려워서 내 주변을 모니터로

에워쌌다. 나를 가장 힘들게 하는 사람은 내 자리에서 대각선으로 앉아 있어서 늘 시야에 들어왔다. 가장 큰 모니터를 그 사람이 보이는 곳에 놓자 몸과 마음이 한결 가벼워지는 효과가 있었다.

한번은 나를 힘들게 하는 이 상사가 "한 대리, 나 안 보려고 거기다 모니터 놓은 거야?"라고 물어보기도 했다. 그래서 나는 "제가 어깨랑 목이 아파서 정형외과에 갔더니 모니터 방향을 바꿔 보라고 하더라고요. 혹시 어깨 안 좋으시면 한번 바꿔 보세요"라고 답했다.

뭐, 이런 거로 진단서를 보여 달라고 할 건 아니니까.

참 열심히도 살았구나

나는 미하엘 엔더의 동화 《모모》에 나오는 '회색 신사'와 같았다. 회색 신사는 사람들과 똑같은 옷을 입으며, 회색 시가를 피운다. 늘 분주하게 움직이며, 시간이 흘러 자신이 사라져 버릴까 걱정한다. 나 역시 늦잠을 자지 말라고 하는 사람도 없는데 주말 아침에 느지막이 일어나는 날은 심장이 덜컥 내려앉는다. 무언가 큰 죄악을 저지르는 것 같아서 말이다. 대학교 때는 방학이 되면 혹시라도 내가 게을러질까 걱정이 돼서 계절 학기를 신청했다. 봉사 활동 등 이런저런 모임도 여력이 되든 안 되든 마구잡이로 참석했다.

생각하는 시간이 무서웠다. 생각하면 자책하게 되니까. 술 약속을 나가면서는 인맥을 쌓는 과정이라고 믿었다. 이렇게 시간을 보내고 나면 성적표가 나를 평가해 주었다. 어떤 때는 "오늘은 얼마나 열심히 살았니? 내일은 어떤 계획이 있니? 계획 없이 살아서 어떡하냐?"라고 누군가 말하면서 나를 평가하고 쫓아다니는 것 같았다.

나이를 조금 더 먹고 회사 생활을 하자 아무도 나를 평가하지 않았다. 물론 회사에서 업무 달성률로 나를 평가하긴 했지만 대학교 때처럼 항목이 명확하지 않았다. 그래서 내 자신을 스스로 평가하기 시작했다. 오늘은 회사에서 일을 열심히 했는지, 상사가 부를 때 바로 자리로 갔는지, 집에 와서는 코어 운동을 했는지, 자기 전에 마사지는 했는지 등을 말이다.

대체 왜 이렇게 나를 평가했는지 모른다. 가진 꿈이나 목표가 없어서 그랬을까? 하지만 나는 제대로 된 꿈을 가져 본 적이 없다. 어쨌든 중요한 건 목표도 없이 달리면 안 된다는 것이다. 목표가 없는 달리기는 아무 생각 없이 학교 운동장을 도는 것과 같다. 백 바퀴를 돌든 천 바퀴를 돌든 성취감은 없고 지치기만 하기 때문이다.

우리도 목표가 없으면 뛰지 않아도 좋다. 업무 열정이 없는 사람이 출퇴근만 잘한다고 해서 누가 한심하다고 말할까? 출퇴근만 하는 것도 얼마나 힘든 일인데…. 택시비라도 줄 것 아니면 조용히 해 주길.

그들을
미워할 수 없는
백만 스물한 가지 이유

차라리 회사에서 나를 괴롭히는 사람들을 속 시원히 미워하기라도 하면 좋겠는데 그게 쉽지 않다. 하나하나 들여다보면 사연 하나 없는 사람도 찾기 어려우니까.

나의 상사는 친구가 없다. 그냥 없는 정도가 아니라 한 명도 없다. 인생을 통틀어 재미있었던 기억도 별로 없다고 한다.

다른 팀 부장 자리에 가면 두 아가가 써준 편지들이 칸막이에 빼곡히 붙어 있다. '아빠, 사랑해요! 아빠, 힘내세요!'라고. 화가 나서 부장 자리에 가면 편지들 때문에 입을 뗄 수가 없다.

또 다른 차장은 몇 년 전 수술을 해서 무리하면 안 된다. 그래서 칼퇴근을 하기 위해 근무 시간에 엄청 무리를 한다. 이 모습을 보고 있노라면 칼퇴근, 그게 다 무슨 소용이 있을까 싶다.

얼마 전 퇴사한 내 또래 한 명은 놀라울 만큼 일을 못했는데, 더 신기한 건 본인이 이 사실을 알고 있다는 것이다. 퇴사하던 날 이 친구는 내게 조그만 카드를 썼다. '한 대리님, 제가 그동안 일을 너무 못해서 힘드셨죠?'라고.

지금은 다른 부서인 과장은 틈만 나면 나에게 소리를 지르곤 했다. 다른 부서로 가던 날 그 과장은 갑자기 순한 고양이 눈빛으로 그동안 미안했다고 말했다. 그렇게 소리를 지른 이유는 아직도 알 수 없지만, 미안하다고 하니 그 과장을 조금 덜 미워할 것 같다.

어쨌든 결정적으로 나도 어쩔 수 없는 '보통의 회사원'이라는 것. 이렇게 쉽게 상처받는 나이지만 나 또한 수없이 누군가에게 기억에 남을 상처를 주었겠지. 그리고는 별일 아니었다며 웃어넘기곤 기억조차 하지 못하고 있을 것이다.

쉼에도 연습이 필요해

잠시 해외에서 공부 중이었을 때 가장 신기했던 광경을 봤다. 볕이 좋은 날 잔디밭에 우글우글 몰려나와 얇은 천 하나를 턱 깔고는 책을 읽거나 누워 있는 학생들의 모습이다. 그리고 잔디밭에 드러누워 있는 긴 시간이 놀라웠다. 나는 저렇게 긴 시간 동안 아무것도 하지 않았던 적이 없다. 정확히 말하자면 '마음 편히' 아무것도 하지 않았던 적이 없다. 늘 어깨와 목은 힘을 주고 있어서 딱딱하게 굳어 있었다.

어쨌든 쉼에도 연습이 필요하다. 못 쉬는 사람은 세상에 정말 많고, 나 역시 그렇다. 스케이트를 한 번도 안 신은 사람이 점프를 뛸 수 없듯, 쉬도 해 보지 않으면 못할 뿐이다.

몸을 길게 뻗기

출근해야 하는 날이면 늘 깜짝 놀란 듯 쿵쾅거리는 심장 소리를 들으며 잠에서 깨곤 했다. 혹시 잠에서 깨지 못할까 봐 몇 번이나 반복되게 설정한 알람 소리가 매섭게 울리는 가운데 허둥지둥 준비를 마치고 출근을 하면 온종일 심장이 빠르게 뛰어 종종걸음을 걷는 것 같았다.

그러다 인터넷에서 '면접 볼 때 참고하면 좋은 꿀팁'이라는 제목의 기사에서 재미있는 이야기를 읽었다. 자신감 없고 슬픈 감정은 자세를 움츠러들게 만들지만, 거꾸로 '기운 넘치는 자세'를 취하는 것만으로도 에너지를 되찾는 데 도움이 된다는 내용이었다.

그 뒤로는 아침에 일어나 일부러 기지개를 크게 켠다. 숨을 깊게 들이마시고, 조금씩 천천히 내뱉는다. 그래도 두근거림이 잦아들지 않으면 요가 비디오에서 어설프게 배웠던 스트레칭 동작을 이것저것 해 본다. 우울감에 빠져 작게 움츠러들고 싶을 때는 리듬 체조나 현대 무용수가 되었다고 상상하며 한 걸음 한 걸음 춤추듯이 내디딘다. 유난히 자신감이 없고 긴장으로 손발이 차갑게 식는 날에는 아무도 보지 않는 화장실 칸 안에서 제자리 뛰기를 하며 침묵의 파이팅을 외친다.

남 탓을 하려는 마음

회사와 관련한 뒷말을 할 때 친구들과 손발이 맞는다. 친구에게 "나 갑자기 어떤 친구가 싫어졌어!"라고 하면 "왜?"라고 물을 텐데, "오늘 팀장이 나보고 뭐라고 했는지 알아?"라고 하면 친구들은 사연을 묻지도 않고 세상에서 가장 험한 욕을 해 준다. 한참 침을 튀기며 이 사람 저 사람 핑계를 대면서 집으로 돌아올 때면 나 자신이 조금 부끄럽기도 하다. 팀장을 욕하는 마음 뒤에 숨어 있는 진짜 마음을 알기 때문이다.

다른 사람들을 향한 커다란 미움 안에는 내 실수를 감추고 싶은 마음과 상대가 누구든 그 사람을 탓하고 싶은 마음이 조금씩 있다.

너무 까칠한 평가자

회사에서는 분기별로 '스스로 평가하기'를 진행한다. 내 역량을 직접 평가한 결과와 상사가 나를 평가한 결과를 비교해 보라는 취지인 것 같다. 나는 내 자신을 좋게 평가하는 일이 거의 없었다. 나는 항상 늘 까칠한 평가자였다. 주어진 일을 모두 해결했지만 더 빠르게 끝내지 않아서 'B'를 줬고, 지시받은 일을 마무리했지만 더 잘할 수 있었을 것 같아서 'C'를 주는 식이다.

심리 상담사는 같은 방식으로 주변 동료들을 평가하라고 했다. 놀랍게도 내가 평가한 동료들의 점수는 나보다 현저히 높았다. 생각해 보면 동료들과 나는 다를 바가 없는데 말이다. 내가 만약 나의 후배였다면 "선배는 너무 까칠한 평가자"라고 말했을 것 같다.

내가 진짜로 원하는 것이 뭐야?

내가 회사원으로서 바라는 것은 무엇일까?

우선 다니고 있는 회사에서 월급이 차곡차곡 올랐으면 좋겠다. 그리고 내가 그만두고 싶을 때까지 회사에 다닐 수 있으면 좋겠다. 언젠가 퇴사하게 된다면 퇴사 후에 하고 싶은 것이 아주 분명했으면 좋겠다.

나의 모든 것을 이 회사에 쏟아부어 10년 후에 명예나 지위를 가진 사람이 되고 싶냐고 묻는다면 그건 아니다. 그저 내 마음이 다치지 않고, 행복하게 늙어 가면 좋겠다.

그런데 나는 무엇을 위해 하루하루 내 마음을 갉아먹으면서 애쓰고 있는 것일까?

좋은 순간 떠올리기

사람이 몹시 붐비거나 조명이 번쩍이는 곳에 가면 갑자기 배탈이 나거나 식은땀이 나곤 했다. 주변 소리가 점점 더 크게 울리는 것만 같고, 어쩔 줄 몰라 허둥지둥하는 나를 모두가 매서운 눈으로 흘겨보는 것 같았다.

심리 상담사는 그럴 때 편안했던 기억에 집중해 보는 것이 도움이 된다고 했다. 기억 속 순간의 분위기와 내가 느꼈던 감정, 주변의 공기 같은 감각들을 하나하나 상상하다 보면 어느새 날카로워졌던 신경이 조금 부드러워진다.

내가 종종 떠올리곤 하는 기억이 있다. 어느 주말, 엄마는 친구와 짧은 여행을 떠나 집에는 강아지 두 마리와 나만 남았다. 적당하게 바람이 불며 하늘은 눈이 시리게 파랗다. 오랜만에 늦잠을 자려고 했는데 생각보다 이르게 눈이 떠졌다.

평소에는 일곱 시에 일어나 아침을 꼬박꼬박 챙겨 먹는 강아지들도 늦잠을 잤나 보다. 커피 머신 소리에 강아지 두 마리도 일어나 뽀뽀를 퍼붓는다. 온몸에서 강아지들 특유의 고소한 냄새가 난다. 샤워를 마치고 맨몸으로 거실 한가운데 드러누웠다. 강아지 두 마리가 왼팔과 오른팔을 하나씩 차지한다. 강아지들의 따끈한 체온에 다시 나른해진다.

나의 가장 편안하고 근심이 없던 순간이다. 아주 짧은 순간이라도 좋다. '내가 가장 원하는 상태의 나'를 떠올리며 그때의 공기와 냄새, 내 기분이 어땠는지 돌이켜 보는 것은 어떨까? 이따금 참을 수 없는 순간이 오면 잠시 눈을 감고 그때의 나를 꺼내어 보자.

영화 〈사운드 오브 뮤직〉에서 천둥소리가 무서워 잠을 이루지 못하는 아이들에게 마리아 선생님이 들려주던 기분 좋은 노래 가사처럼 말이다.

"장미 꽃잎에 내려앉은 빗방울,
작은 아기 고양이의 수염.
밝게 빛나는 노란빛 주전자,
따뜻하고 보드라운 엄지장갑
노끈으로 묶인 갈색 소포
이런 것들을 나는 사랑해."

잠시 도망갈 수 있는 곳

가끔 도저히 감당할 수 없는 일이 생기거나 나의 기분을 감출 수 없을 때는 책상 밑에 숨고 싶다. 지금 있는 공간을 조금만 벗어나도 스트레스에 도움이 된다. 한 번 흐르는 눈물은 지금 있는 자리에서는 멈추지 않을 것이다. 힘이 없더라도 일어나 다른 곳으로 이동해 보자.

도망갈 곳은 어디여도 좋다. 근처 카페 안이든, 당신의 차 안이든, 아니면 화장실 칸 안이어도 괜찮다.

힘든 상황이 찾아오면 잠시라도 도망갈 수 있는 탈출구를 만드는 방법도 좋은 것 같다.

나만의 리듬,
잠시 쉼

가끔 '아무것도 하지 못하게 될 것'이라는 생각에 사로잡힌다. 특히 할 일이 지나치게 많을 때 그렇다. 열심히 해도 망하거나, 기간 안에 완료하지 못할 것이라는 두려움이 찾아오니 쉽게 일을 시작하지 못한다.

그래서 도망치기 위해 여러 방법을 만들어 낸다. 연차를 낼까? 온종일 화장실에 숨어 있을까? 아니면 아파서 쓰러져 버릴까? 이런 상상은 자주 하지만 퇴사하는 날까지 한 번도 실행에 옮기지 못할 것 같다.

하루는 갑자기 이틀 동안 연차를 내고 사라져 보았다. 내가 연차를 보내고 회사로 돌아오던 날, 일은 여전히 자리에서 나를 오롯이 기다렸다. 그리고 나를 재촉하는 사람들까지 덤으로 생겼다.

일을 미루고 싶은 마음이 자꾸만 들 때는 작은 단위로 나눠 본다. 예를 들어 A에게 진행하는 업무에 관해 확인해 보고 관련 동향을 종합한 보고서를 써야 한다면, 일단 A에게 보낼 진행하는 업무에 관한 메시지를 메모장에 정리한다. 그러고 나서 A에게 메일로 일에 관한 용건을 보낸다. A에게 답장이 오면 서로 대화하고 나서 잠시 쉬는 시간을 가진다. 그리고 어떤 키워드로 검색을 할지 정한다. 잠시 쉬고 보고서 포맷을 찾으며, 또 잠시 쉬는 식이다.

내가 아니어도 나를 쪼는 사람은 회사에 널려 있다. 누군가 정한 업무에 나를 맞출 수 없다면, 나만을 위한 리듬이 필요하다.

무엇 때문일까?

감당할 수 없을 만큼 화가 차오르는 날이 있다. 도대체 왜 이렇게 화가 나고 속상한지 알 수 없다. 오늘 들은 사소한 말 때문일까? 아니면 그 말을 나에게 한 사람을 내가 미워하기 때문일까? 그 사람이 이야기한 업무를 제대로 처리하지 못해서 속상할까?

상사에게 혼날까 봐 무서웠나? 아니면 상사가 예상하지 못한 순간에 던지는 차가운 말에 상처받을까 봐? 나는 그의 표정이 만드는 차가운 공기가 무서운 걸까? 아니면 그 차디찬 공기 속에서 긴장한 채로 아무 말이나 뱉어버릴까 봐 그걸 경계하는 걸까?

출근할 수 없을 만큼 몸이 뻐근하고 열이 오르는 날도 있다. 나는 정말 어딘가 아픈 걸까? 아니면 그냥 무기력해서 오늘은 쉬고 싶은 걸까? 오늘 쉬고 나면 내일은 출근할 수 있을까?

괴롭더라도 스스로 계속 물어야 한다. 내 진짜 감정은 나 말고는 아무도 모르기 때문이다.

선택과 집중

나에겐 습관이 하나 있는데, 바로 처음 만나는 사람의 얼굴을 보지 않는 것이다. 이렇게 된 이유가 있다. 잘 알지 못하는 누군가가 나에게 무례한 행동을 했을 때 그들의 얼굴이 떠올라 잠을 이룰 수 없었기 때문이다.

회사에는 내가 조금은 신경 써서 관계를 유지해야 하는 사람과 조금은 거리를 두어도 괜찮은 사람이 있다. 팀원들과 동기, 선후배는 조금 더 신경 써서 관계를 유지하는 편이다. 반면 엘리베이터에서 가끔 묵례만 하는 사람들 등 조금은 거리가 있는 사람도 있다.

전자와의 관계는 회사 업무를 하려면 엮일 수 밖에 없어 꾸준히 관찰이 필요하지만 후자는 그렇지가 않다. 얼굴이 몹시 피곤해 보이거나 화가 난 표정이라고 해도 그게 나 때문인지 아니면 내가 오기 전에 만난 다른 사람 때문인지 알 수 없다. 그저 우연의 일치일 수도 있고, 내가 다른 생각을 하다 지은 표정이 그를 언짢게 했을 수도 있다.

진짜 이유가 무엇이든, 알 수 없을 때는 과감히 접기로 했다. 혹시 내가 신용카드를 실수로 늦게 꺼내서 편의점 직원이 짜증을 내도 괜찮다. 일부러 짜증을 낸 것도 아닌데 뭐.

좋아하는 것들

우리 팀은 자신의 자리를 꾸미는 데는 조금 자유로운 편이다. 회사에서의 내 자리가 너무 많이 불행하지 않도록 내가 좋아하는 것들로 주변을 채웠다.

좋은 향기가 나는 차, 귀여운 짱구와 흰둥이가 그려진 가습기, 그리고 알록달록 스티커들로. 잠시 지칠 때는 내 자리에 있는 좋아하는 것들을 본다. 그러면 잠시나마 기분이 괜찮아진다.

마음에도 이름이 필요해

멋진 사람이라면 무조건 쿨해야 하는 건 줄 알았다. 슬플 때 슬프다고 말하는 건 구질구질한 사람이나 하는 행동인 줄 알았다. 그래서 헤어지자는 애인은 두말하지 않고 보내 줬으며 슬퍼하지도 않았다. 친구들은 애인과 잘 헤어지는 방법에 대해 조언을 구했다. 하지만 나는 별로 해 줄 말이 없었다. 나는 잘 헤어지는 게 아니라 헤어짐에서 도망칠 뿐이었으니까.

회사 생활도 결국 사람과의 관계를 통한 일이라서 엮기다 보면 누군가 미워하고 아파하게 된다. 오늘 미워한 사람은 내일 출근하면 또 봐야 한다. 회사에 다니는 친구들에게 안무를 물어보면 대부분 "뭐…"라고 얼버무린다.

그리고 나 역시도 "뭐…"라는 한 글자로 요약한다. 이런 일상적인 대화를 정신과 의사에게 한 적이 있다. 그때마다 의사는 자꾸만 물었다. "그때 마음이 어땠나요?", "그 사람에게 뭐라고 말하고 싶었나요?"라고.

이런 질문을 받고 나는 어떤 마음이었는지 이야기하기 어려웠다. 특히나 회사는 사람과 일로 맺어진 관계라 일이 잘못되었을 때 상대를 탓하기만 할 뿐 내 마음을 생각할 여유조차 없었으니까.

마음속에서 감정의 씨앗이 돋아났다면
이름을 짓고 불러서 꺼내야 한다.
그래야 그 감정은 더 자라났다가 조금씩 시든 후
다시 흙으로 돌아갈 테니까.

과음은
금요일에만
하기

과음을 계획한다는 게 사실 조금 웃기다. 원래 기분이 좋아서 또는 안 좋아서 술을 마시다 보면 술이 술을 마시고, 또 술 마신 내가 기분이 좋아서 또는 안 좋아서 술을 더 마시게 되니까.

일반적인 상식에서 과음은 건강에 좋지 않다. 하지만 흥청망청 술 마시기를 즐기는 사람이 술을 한 방에 끊기는 어렵다. 그래서 나는 술 마시는 날을 금요일로 정했다.

술을 마신 다음 날은 컨디션이 멀쩡할 리 없다. 혼미한 정신으로 일하다 보면 어떤 것을 놓칠 수도 있다. 그러니 괜찮은 날을 정해 그날에 술을 마셔 보는 것을 추천한다.

물론, 과음은 금요일에 해도 토요일에 해도 별로다.

열심히
대충

회사를 대충 다니고 싶다.

나 하나만 생각하고 대충 살고 싶다.

가끔 일 안 하고 몰래 핸드폰 게임을 하는 아무개처럼 있는 둥 없는 둥 시간이나 때우다 집에 가고 싶다.

대충 사는 것도 노력해야 이룰 수 있는 일이라니 우습다.

맥주 한 잔 속 대화

나: 집에 오면 회사와 관련한 생각은 싹 끊어 내야 한다고 그러잖아요. 그게 정말 가능해요? 집에 가면 회사에서 열받은 일이 생각 안 나요?

A 차장: 당연히 생각나지. 나 회의에서 상사한테 엄청나게 깨진 날이 있었는데 이날 너무 화가 나서 새벽에 깨서 그 상사한테 서른 줄도 넘는 메일을 보냈다가 발신 취소한 적도 있었어. 분이 안 풀려서.

나: 그럼 어떻게 해요?

A 차장: 내가 그걸 알았으면 지금 너랑 술 안 마시고 있지. 회사를 20년 가까이 다녀보니까 그건 알겠어. 완전한 선인이 없는 것처럼 완전한 악인도 없다는 거. 우리 다 자기가 처한 상황 속에 빠져 있는 우물 안 개구리이잖아. 이 작은 회사가 세상의 전부인 것처럼 서로 괴롭히고 힘들게 하고. 그냥 이제 누군가 날 괴

롭게 하면, 저 사람이 날 화나게 하려고 일부러 그런 게 아니라 그냥 그게 그 사람의 우물인 거라고 생각해 버려. 나는 그 사람이랑 다른 동네 우물에 살고 있어서 이해가 안 가는구나 하고.

나: 근데 차장님, 저는 아직 포기가 잘 안 돼요. 저는 아직도 제 우물이 더 좋고 옳은 것 같거든요. 근데 회사를 10년 더 다니면 괜찮아지는 것 정말 맞죠?

차장
부장
팀장
나

머리를 감는다는 것

끝이 보이지 않는 우울 속에서도 나와 한 약속이 있다. 바로 '몸을 씻고 다니는 것'이다. 깊은 무력을 겪지 않은 사람들은 사소한 약속이라고 생각할 수도 있겠다.

사람마다 차이가 있겠지만 나는 샤워 시간이 보통 20~30분 정도 걸린다. 이불 밖으로도 겨우 나가는데 천근만근 한 몸뚱어리에 물까지 끼얹으려니 여간 힘든 일이 아니다.

더구나 우울함이 심해지는 겨울이 오면 씻는 게 도전적으로 느껴진다. 일단 씻고 나오면 너무 추워서 이불 속으로 다시 들어가고 싶고, 머리카락을 제대로 말리지 않으면 집 밖으로 나오자마자 꽁꽁 얼 수 있다. 이런 날에는 시간을 많이 들여서 머리카락을 완전히 건조를 시켜야 하고, 그러려면 꽤 많은 에너지가 든다.

그럼에도 아침에 꼬박꼬박 얼굴을 세수하며 몸을 단정히 하는 것은 나에게는 '살아 있음'을 확인하는 의식이었다. 내가 이렇게 아픈데도 최선을 다해 열심히 살아 있다고 세상에 외치는 시간이었다.

혹시 당신도 오늘 아침에 일어나 화장실에 들어가는 것조차 힘이 들었다면, 그 어려운 일을 끝내 해낸 당신을 칭찬해 줘도 된다고 말하고 싶다. 머리를 감는 일은 누군가에게 정말 어려운 일일 수도 있으니까.

나는 나만의 속도로 간다

사원일 때에는 대리 직급의 선배들이 정말 위대해 보였다. 세상에서 가장 빠르고 세상에서 가장 똑 부러지는 그 이름, '대리'. 삶의 퍽퍽함을 옷깃에 잔뜩 묻히고 다니는 과장보다 활기차며, 아직 제 몫도 다 챙기지 못하는 아기 사원보다 영민해 보였다.

대리가 된 지금, 과장과 차장 직급의 선배들이 대단해 보인다. 어떻게 한자리에서 10년을 넘게 참았을까? 나는 지금도 이렇게 힘든데…. 나는 시키는 일만 하면 되는데 차장 직급 이상은 막 새로운 일도 만들고, 또 전략적으로 행동할 줄도 알고. 언젠가는 나도 이렇게 일할 수 있을까? 늘 걱정한다. 씩씩하고 주도적으로. 나는 아직도 겁쟁이인데….

나보다 두 살 많은 언니와 나는 같은 초등학교에 다녔다. 지금이야 나이 위아래로 열 살 차이면 친구라고 하지만 초등학생 한 대리에게 2년이란 꽤 긴 시간이어서, 먼저 어른이 되어 가는 언니가 죽도록 부러웠다.

초등학교에 들어가자마자 리코더를 배웠는데 3학년인 언니는 벌써 단소를 배우고 있었다. 그게 못내 부러웠던 나는 언니의 단소를 훔쳐다 지하 골방에 숨어 밤새 연습했고, 손끝이 다 부어오를 때 겨우 첫 소리를 낼 수 있었다. 중학교 땐 고등학생인 언니가 야자를 하는 게 부러워서 엄마를 조르고 졸라 독서실을 끊었다. 당연히 공부는 안 했고, 친구들이랑 라면만 많이 먹었다.

시간이 흐르고 나니 그렇게 대단하던 언니랑 나는 다를 게 하나도 없다. 지금은 둘 다 단소를 부는 법은 다 까먹었고, 아마 리코더는 어설프게 불 수 있을 것 같다. 뭐가 그렇게 마음이 급해서 내 속도보다 먼저 가려고 했는지 모르겠다.

회사에서도 무척 빠르게 달리고 있는 사람들이 자꾸만 눈에 밟힌다. 원하는 부서로 척척 옮기며 회사에서 주는 기회를 당차게 얻어내 뭔가를 이루고 있는 것처럼 보이는 사람들. 나는 그들의 속도를 따라가지 않으려고 애쓴다. 사람들이 하는 모든 것을 나도 똑같이 해야만 하는 건 아니니까. 대단한 건 아니지만, 나에게는 이루고 싶은 나만의 것들이 있으니까. 천천히 가는 대신 오래 걸을 수 있다고 믿는다.

나름의 사명감

가끔 꾸역꾸역 회사에 다니고 있는 내가 너무 안쓰러워질 때는 스스로 '불안 장애 회사원 홍보 대사'라고 생각해 본다. 나는 세상의 불안 장애 보유자들을 대변해서 회사에 열심히 다니고 있는 것이라고.

내가 하루하루 견디고 있는 나날들이 조금씩 쌓여서 나중에는 전 세계 모든 회사에 있는 불안 장애 보유자들을 대변할 수 있는 날이 올지도 모른다. 이렇게 생각하면 어쩐지 나도 모르게 조금 어깨가 으쓱 올라간다.

불안 장애 회사원
홍보대사

일단 나를 살리고 보자

세상만사가 그러하듯 회사를 가기 싫은 날에도 감정의 업다운이 있다. 어느 달은 이 '회사 오기 싫음' 정도가 지붕을 뚫고 하이킥할 기세였는데, 이달 택시비만 삼십오만 원이 나왔다. 우리 집에서 회사가 편도로 만 원이 나오는 걸 고려하면, 거의 일주일 정도를 빼고는 모두 택시를 타고 출퇴근한 셈이다.

괜찮은 가방 하나 살 돈도 아까워서 에코백을 들고 다니면서, 택시비에 삼십 만 원을 쓰다니. 이 돈이면 좋은 가죽 가방 하나 사고도 남았겠다.

이달에는 카드 명세서를 보면서 어찌나 우울했는지. 내가 세상 의지박약자처럼 느껴졌고 이러려고 회사에 다닌 것인지 자괴

감이 들었다. 어차피 택시비로 몽땅 쓰는데….

지금 와서 생각해 보니 이렇게 택시를 타지 않았으면 아예 회사에 가지 못했을지도 모른다는 생각이 들었다. 한 3일 정도 무단결근한 후 도망치듯 퇴사했을지도 모른다. 퇴사가 나쁜 건 아니지만 내 회사 생활의 마무리가 그런 식이길 바라지는 않는다.

최종 목표는 몸과 마음이 덜 힘들게 회사에 다니는 것이지만, 그 과정에서 재정 상태가 허락하는 선에서 돈을 써도 된다고 생각한다. 맹장염이 와서 데굴데굴 구르는 환자에게 앰뷸런스 비용이 아까우니 병원에 걸어서 가라고 말할 사람은 아무도 없으니까.

할 수 없던 일들

만원 지하철 혼자 타기

서점에 가서 오랫동안 책 읽기

공항 면세점에서 쇼핑하기

낯선 사람과 만나서 대화하기

일 생각 없이 푹 쉬기

아무것도 안 하기

편하게 잠자고 상쾌하게 일어나기

여행지에 온 기분을 만끽하기

올리브영에서 화장품 고르기

명상하기

긍정적인 생각하기

익숙한 것으로부터의 탈출

내 노래 취향은 꽤 우울한 편이다. 한창 '싸이월드'라는 소셜 네트워크 서비스를 했을 때 내 미니홈피 BGM 때문에 친구들은 없던 우울증도 생길 지경이라고 했다. 우울한 노래를 좋아하는 취향은 변하지 않았다.

게다가 나는 꽤 신중한 편이다. 음원을 스트리밍해서 듣는 시대가 왔지만, 나는 아직도 예전에 다운로드받은 MP3 파일을 보관하고 있다. 그중 가장 오래된 곡은 무려 10년 전에 다운로드한 것이다.

집에 혼자 있을 때는 영화 <클로저> OST를 틀어 두곤 했는데, 그러고 있노라면 어쩐지 온 세상이 회색으로 변하고 모두가 내게 거짓말을 할 것만 같았다. 나는 상담 치료를 받기 시작하면서 이 영화 OST를 끊었다. 가지고 있던 노래 중 음침한 곡도 몇 개 지웠다.

익숙한 것에는 익숙하게 했던 행동이 따라온다. 내 몸과 마음은 영화 <클로저>를 보며 우울 속으로 빠져들던 나를 기억하고, 지금 이 순간 불러내고 싶지 않았던 감정도 금세 끄집어내 버린다.

취향을 쉽게 바꿀 수는 없겠지만 어떤 영화를 보거나 노래를 듣고 쉽게 빠져들고 심하게 동요하는 편이라면 정신과 치료를 받는 중에는 잠시 끊어도 좋겠다.

그 영화와 노래에서 느꼈던 감동은 내가 더 건강해진 후에도 그 자리에 그대로 있을 것이다.

비상 연락망

오랜 시간 동안, 아픔을 털어놓는 것은 약한 사람들만 하는 일이라고 생각했다. 아무리 마음이 불안해도 가장 친한 친구들에게는 아무 일도 없는 척 씩씩한 모습만 보여 줬으며, 컨디션이 너무 좋지 않아 밝은 모습을 보일 수 없는 날에는 이런저런 핑계를 둘러대고 혼자 외롭게 울었다.

하지만 어느 순간 자존심으로도 버틸 수 없을 만큼 우울과 불안이 통제되지 않는 날이 찾아왔고, 혼자 해결할 수 없을 것 같아 친구들에게 도움을 청했다. 나 지금 회사인데 집까지 갈 기운이 도저히 나지 않는다고. 오늘 긴장이 돼서 밥도 한 끼 못 먹었는데 데리러 올 수 있겠느냐고.

나의 사려 깊은 친구들은 호들갑을 떨지 않고 내가 있는 곳으로 달려왔다. 혼자 패닉에 빠진 나를 밖으로 데리고 나와 스스로 일어날 수 있을 때까지 충분한 시간 동안 기다려 주었다. 그리고 혹시라도 또다시 마음이 이만큼 아파질 때 연락을 주기로 손가락을 걸고 약속했다.

마음의 병에 어떤 사람이 정답이 될 수는 없다. 누군가가 나를 이 병으로부터 구원할 것이라는 믿음 또한 갖지 않는 것이 좋다. 하지만 누구에게나 유난히 아픈 날이 있고, 가끔은 도움을 받아도 괜찮다. 그런 날을 위해 내 마음속 '비상 연락망'을 만들어 보기를, 그리고 그 친구들은 당신을 이해하는 사람이기를 바란다.

메모하기

나는 일종의 '메모 불신론자'다. 아직 뇌 용량을 믿고 있기 때문인지도 모르겠지만, 회사에서 해야 하는 중요한 일은 굳이 적지 않아도 떠오르기 마련이며 떠오르지 않은 일은 안 해도 별 탈 없는 일이라고 생각하기 때문이다.

메모하는 행동은 불안이 스며들 때 하면 도움이 된다. 놓친 것이 없나 확인하며 허둥지둥하는 마음을 메모로 달랠 수 있기 때문이다. 꼭 메모를 가지런하게 정리하거나 예쁘게 꾸미지 않아도 회사에서 떠오르는 할 일이나 걱정거리를 적어 두기만 하자. 그리고 별 이유 없이 마음이 불안해질 때면 꺼내어 보고 나 자신에

TO DO LIST
1.
2.

게 괜찮다며 토닥거려 주자. 혹시라도 정말 해야 할 일을 발견하면 오늘 하면 되고, 오늘 못 하면 내일 하면 된다. 별것 아니다.

깊은 잠과 불안은 친구가 될 수 없다

'새벽'이라는 시간은 참 신기하다. 시끌시끌하고 평범한 저녁에서 고작 몇 시간이 지났을 뿐인데, 약속이라도 한 듯 온 세상이 정적에 잠긴다. 이웃집들의 불빛들이 하나둘 꺼지고 윗집 아저씨의 코 고는 소리가 나지막이 들릴 즈음 나는 갑자기 끝도 없는 생각에 빠져든다.

잠이 오지 않으면 괜히 카카오톡 메신저 친구 목록도 살펴보고, 오래된 소셜 미디어 포스팅도 들여다보곤 한다. 그러다 인스타그램 둘러보기에서 오래전 연락이 끊긴 친구를 발견하면 팔로우 버튼을 눌렀다가 구질구질하게 금세 취소해 버린다.

이렇게 절절한 마음을 노래나 시로 표현했다면 낭만적이기라도 했겠다.

어두운 밤이면 작은 생각의 씨앗들은 내 마음속 깊은 곳으로 날아가 나쁜 상상이 되어 자라났다. 강아지가 아픈데 내가 모르고 있다면 어쩌지? 혹시 그렇다고 한다면 많은 돈이 필요할 텐데.

잠깐, 나 돈을 얼마나 모았더라? 갑자기 가지고 있는 통장을 모두 찾아본다. 세상에, 별로 쓴 것도 없는데 저축도 하나도 못 하고 나는 참 한심하구나. 지금 갑자기 집안이 망하거나 한다면 내가 손도 쓸 새 없이 우리 가족은 뿔뿔이 흩어지게 될까? 그러면 나는 지금처럼 편안하게 살 수 있을까?

이 생각들은 대낮이었다면 하지 않았을 것이다. 밤에 하는 생각들은 우리의 감정을 낭떠러지로 내몬다. 그러니 우리는 잠을 자야 한다. 잠을 조금만 잘 자도 많은 걱정이 놀랍게 사라진다.

메일함 혹은 그 어떤 것이든 조금은 멀리하기

내 업무 커뮤니케이션은 주로 이메일을 통해 이루어진다. 메일을 받자마자 확인하는 것이 나의 자랑거리이던 때가 있었는데, 그 이유는 두 가지였다.

첫 번째, 나에게 업무 도움을 요청하는 메일이 꽤 많이 오는데, 그런 것들을 해결해 주고 나면 며칠째 진척이 없던 프로젝트 문서와는 다른 상쾌한 기분이 들었다. 새로운 여행지에서 적응하느라 며칠째 배변 활동을 못 하다가 뜻밖의 장소에서 해결한 것과 비슷한 느낌이라고 할까.

두 번째, 상사들이 '메일을 빨리 읽는 한 대리'를 좋아한다고 느꼈기 때문이다. 가끔 "한 대리는 주말에도 거의 10초 만에 메일을 열어보더라?" 하는 이야기를 들을 때마다 어쩐지 어깨가 으쓱해졌다.

사실 빨리 메일을 확인한다고 일을 빠르게 처리하는 건 아니다. 해야 할 일이 많을 때는 괜히 이것저것 손대다가 중요한 일을 마무리하지 못하는 경우도 왕왕 있었다. 문제는 내가 출근하기도 전부터 이미 다 읽은 메일 때문에 불안해하고 있다는 것이다. 어제 오고 간 메일을 다시 확인해 보면서 오늘 해결해야 할 업무를 예상하고, 뭔가 상황이 급하다 싶으면 아침밥도 거르고 회사에 갔다.

정말 급한 일이면 내가 나서지 않아도 어떤 방식이든 나에게 연락이 왔을 것이지만, 대부분의 일은 '진짜로' 급한 일이 아니었다. 물론 여전히 상사들은 메일을 빨리 읽는 사람을 좋아하지만 이제 나는 메일을 적당한 때에 확인하며, 찬찬히 차분하게 일하는 사람이 되기로 했다.

극복해야 하는 이유

상담 치료를 하다 보면 감정에 파묻혀 있던 이성이 갑자기 고개를 들 때가 있다. 내가 사랑하는 사람들을 힘들게 하고 있다는 사실이다. 내 주변 사람들은 나를 사랑한다는 이유만으로 아프고, 우울한 나를 위해 참고 견디고 있다는 것을 깨달을 때….

자책은 금물이다. 술 취해 엉엉 우는 나를 말 없이 달래는 친구들, 주말 내내 말 한마디 없이 방에서 나오지 않아도 아무것도 묻지 않았던 남편을 위해 나아져야만 한다.

'꼭 나아져서 내가 받았던 사랑만큼, 더 많은 것을 베풀 수 있는 사람이 되어야지.'

작고
사소한
행복 버튼

너무 힘들었던 날은 하나에 만 원이나 하는 입욕제를 사서 욕조에 몸을 담근다. 반짝이며 아주 천천히 흩어지는 입욕제의 화려한 색을 관찰하고 있노라면 종일 딱딱하게 굳은 마음도 같이 스르르 녹는다. 오래돼서 색이 바래 마음에 들지 않던 욕조도 예뻐 보인다. 누군가에게는 사치스러운 모습으로 보일 수 있겠지만, 이것은 나만의 '작고 사소한 행복 버튼'이다. 오늘 하루 불행했던 기억을 끝나게 도와주는….

가끔은 치트키처럼 쓸 수 있는 행복 버튼을 몇 개씩 구비해 놓자. '작고 예쁜 꽃 화분'이나 '귀여운 고양이 사진이 가득한 사진첩' 같은 것으로.

지겨워 죽겠네

상담 치료를 하면 고리타분하게 느껴지는 옛날이야기부터 나누게 된다. 어떻게 자라 왔는지, 부모와 어떤 시간을 보냈었는지 따위의 뻔한 것들. 나는 지나간 일에 연연하지 않는 쿨한 사람이고 싶은데 심리 상담사는 자꾸 상처를 들춰내 나를 눈물 바람으로 만든다.

너무 싫다.

하지만 어쩌겠나, 이제껏 고리타분한 재료들로 '나'라는 사람을 지어온 것을.

증거 자료 만들기

지금 다니는 회사에 입사한 지 3개월 정도 되었을 때 저질렀던 일이 있다. 내 회사 생활 역사상 가장 큰 실수인 것 같다. 당시 나는 영업 업무를 맡고 있었다. 선배가 A 회사를 담당하고 있었고, 나는 B 회사를 담당하고 있었다. 나는 A 회사가 입금한 돈을 B 회사가 입금한 것으로 알고 그렇게 일을 처리했다. 평일이었다면 일이 커지기 전에 누군가 수습이라도 했을 텐데, 때마침 주말이었고 회사 동기 MT도 있었던 터라 결국 나는 토요일 아침에 서둘러 회사로 가 일을 수습했다.

하지만 월요일 아침, A 회사와 B 회사 그리고 우리 회사까지 이 사실을 알게 돼 모두 난리가 났다. A 회사를 담당했던 선배는 나에게 화도 못 내고 도대체 왜 그랬냐고 나지막이 물었다.

몇 년이나 지나서 자세한 건 기억나지 않지만, 이날 퇴근길 버스에서 오열하는 나에게 버스 운전기사 분이 꾸덕꾸덕해 보이는 사탕과 휴지를 건넸던 기억이 난다. 회사에서 집까지 버스로 한 시간 반이나 걸리는 거리였는데 코를 풀 휴지가 부족한 바람에 중간에 내려 근처 커피숍에 들어가 휴지를 슬쩍하기도 했다.

이 이야기로 '시간이 흐르면 다 잊혀질 거야' 또는 '지나고 나면 별일 아니야!' 따위의 흔해 빠진 위로를 하려는 건 아니다. 불안한 우리에겐 별것이 다 별일이다. 행인이 내 어깨를 조금 세게 치고 지나가더라도, 내가 오늘 회의 중에 괜한 소리를 해서 분위기를 싸하게 해도 그 모든 일이 나에겐 사건이라서 속절없이 마음이 흔들린다.

우리가 할 수 있는 건 사실은 별일이 아니었던 별일을 기억하고 기록하는 것이다. 지금은 미치도록 불안해서 사라져 버리고 싶지만 이내 그 불안은 사라질 거라는 믿음과 숱한 어려움을 헤치며 지금껏 살아왔다는 기억을 잊어버리지 않기 위해.

오늘부터 힘들었던 사건을 기록해 보고 한 달 후 그중 진짜로 별일은 몇 개였는지를 세어 보자. 자꾸만 부정적인 증거를 어디선가 찾아내는 나를 설득할 수 있는 근거로 삼을 수 있도록.

CHAPTER 3

✖

조금 더 나아가 볼까?

병원에 가다

상담 치료는 순조롭게 진행됐지만 별 차도가 없어 결국 약물 치료도 병행하기로 했다. 나는 심리 상담사가 주는 숙제를 꼬박꼬박 잘 해갔다. 하지만 배탈, 두통, 불면, 호흡 곤란 등은 쉽게 낫지 않았다. 상담을 시작할 때는 결혼을 준비하고 있었는데, 결혼하고 일상에 적응한 뒤에도 나아지지 않았다.

하루는 상담 시간에 불쑥 어떤 고양이 이야기를 꺼냈다. 생각하지 않으려 해도 자꾸만 기억 속을 비집고 들어왔기 때문이다. 몇 년 전 길에서 흰 뼈가 다 보이도록 다리가 으스러져 있던 작은 아기 고양이를 본 적이 있다. 구조는 했지만 이 고양이를 생각하면 떨리고 식은땀이 나곤 했다. 이 이야기를 들은 심리 상담사는 심각한 표정이었다. 이전에 왜 이 이야기를 꺼내지 않았는지는 모르겠다. 내가 이 기억을 하고 있다는 것도 몰라서 그랬을까?

그러다 '생애 최초의 기억'에 대해 이야기를 하게 됐다. 내 생애 최초의 기억은 아무도 믿지 않겠지만 첫돌이 조금 지났을 때인 것 같다. 엄마 아빠가 잠시 집을 비운 날이었고 나는 어떤 중년 여성의 등에 업히기도 했던 것 같다. 시간이 조금 흘렀을까? 가스레인지에 올려 둔 냄비가 타고 천장까지 불이 붙고 있었다. 나는 불을 끄기 위해 부엌으로 달려갔지만 조금 전까지 나를 업고 있었던 그 여성은 이상하게도 불을 끄지 않고 허공에 손만 휘휘 내저을 뿐이었다.

이 장면은 어린 나의 꿈에 자주 등장했다. 일곱 살이 되었을 때 엄마에게 이 사실을 털어놓았는데 놀랍게도 실제로 있었던 일이라 했다. 엄마도 적잖이 놀랐다. 어린 나를 두고 나간 본인을 원망할까 걱정돼서 나에게 한 번도 말한 적이 없다고 했다.

심리 상담사가 말하기를 내가 가진 우울과 불안은 기질적인 면이 크다고 한다. 아무리 생각해도 태어난 이래로 몸과 마음이 편했던 순간은 손꼽을 정도로 적다. 늘 꼬리표처럼 걱정이 따라다녔다. 가족들과 놀이공원에 놀러 갔었을 때도, 도로가 너무 막혀서 어떻게 집에 갈지를 걱정하거나 하는 식이다.

가족들은 이런 나를 두고 좋은 기억은 빼고 나쁜 기억만 한다며 놀리곤 했다. 편했던 적이 거의 없으니 기억하고 꺼내 볼 편안한 것도 있지 않았다. 좋은 기억을 떠올리는 일은 상담 치료 과정에서 중요했지만, 잔뜩 긴장한 어깨에서 힘을 빼는 법도 잘 몰랐다.

정신 질환을 앓고 있는 사람이라고 약을 먹을 필요는 없다. 카운슬링•이나 인지 행동 치료•만으로 효과가 충분한 사람도 많기 때문이다. 하지만 정신 질환으로 인해 신체적 증상이 나타나고, 이로 인해 일상생활이 위협을 받는다면 조심스럽게 병원에 가서 약물을 처방받는 것도 좋다.

약물 복용 이후 나는 눈에 띄게 침착해지고 조금의 여유도 생겼다. 이후에 나는 약간의 용기가 필요한 시도도 했다.

• 카운슬링 : 심리적인 문제나 고민이 있는 사람에게 하는 상담. 전문가와 상담자가 심리적으로 교류를 하면서 문제를 해결한다.
• 인지 행동 치료 : 생각의 변화를 통해 상담자가 가진 감정을 다스리게 하는 비약물적 치료다.

약을 먹는다는 것

드라마나 영화에 나오는 정신과 약은 극적이기 짝이 없어서, 주인공이 자살하기 위해 약 한 통을 통째로 먹거나 아니면 한 알만 먹고도 해롱대거나 하는 식이다. 사실 나도 약을 한 알만 먹어도 소화제를 먹은 것처럼 얹힌 게 싹 내려가는 줄 알았다.

약물 치료는 생각보다 섬세하게 진행되었다. 처음에는 아주 적은 양의 약물로 시작했다가 점점 양을 늘렸다. 대략 두 달간 나의 증상을 꼼꼼히 살펴보며, 나에게 맞는 복용량과 약의 종류를 찾았다.

안정을 찾은 후에도 계절이나 회사 업무 강도 등에 따라 약 복용을 약간씩 조절했다. 겨울이 찾아와 부쩍 우울하거나 미세 먼지 때문에 제대로 숨을 쉴 수 없는 나날들이 꽤 있었다.

처음 약을 먹은 날은 너무 아무 변화도 없어서 오히려 살짝 기분이 나쁠 뻔했다. 아니, 내가 큰마음을 먹고 정신과 약을 먹는데 이렇게 똑같다니…!

하지만 기다리시라. 변화는 생각보다 조금 늦게 찾아온다.

작지만
큰 성취

나는 대체로 화를 잘 참는 편인데 유독 참을 수 없는 것들이 있다. 하나는 개고기 이야기, 또 하나는 여자가 어쩌고저쩌고하는 이야기다.

개고기 이야기는 비교적 대응하기 쉽다. 내가 강아지들을 오버할 정도로 사랑한다는 사실을 알리면 되니까. 핸드폰 배경화면도 강아지, 회사 컴퓨터 바탕화면도 강아지, 메신저 프로필 사진도 강아지. 어느 정도 생각이 있는 사람이면, 내 앞에서 개고기 이야기는 하지 않는다. 혹시 누군가 하더라도 옆에서 제삼자가 말린다.

두 번째는 다소 예민할 수 있는 부분이라 조심스럽다. 내가 회사 생활을 하면서 들은 최악의 대사는 "팀장도 여자, 파트장도 여자라서 힘들다"이다. 나는 이들이 여성이기 때문에 일이 힘들다는 말은 이해가 되지 않는다.

그리고 또 다른 최악의 대사, "한 대리는 예쁘장해서 유관 부서들이 칭찬을 많이 하나 봐"다. 지금 같으면 "저도 과장님들이 남자라서 힘들어요"라고 맞받아쳤을지도 모르겠다. 그리고 "예쁘다"라는 대사는 좀 난감하다. 기분은 좋지 않지만 어쨌든 나를 칭찬하기 위한 말일 수도 있기 때문이다.

약물 치료를 받으며 자신감을 뿜어내던 어느 날 회의 중에 팀장이 나와 다른 남자분을 엮으며 시답지 않은 말을 던졌다. 나는 이때다 싶어 "아니요, 저희 서로 만난 적도 없어요. 그냥 일만 열심히 했어요"라고 말하자 순간 분위기는 싸했지만 다행히도 다시는 회사에서 그런 비슷한 이야기를 듣지 않았다.

약물 치료를 시작한 이후 가장 뿌듯한 기억이다.

당신이 겪을 수 있는 약 부작용 #1

아무 근거 없는 자신감으로 무엇이든 할 수 있을 것 같은 날이 있다. 약을 먹은 지 한 달이 되던 날 나는 갑자기 자바 프로그래밍을 배우겠다며 서점에 가 책을 잔뜩 샀다. 책을 사서 집에 왔을 때는 꽤 늦은 시각이었는데 갑자기 공부에 대한 열정이 불타올라 자정을 넘기고서야 잠이 들었다. 평소보다 말도 많아졌고, 세상 사람이 다 좋아졌다. 나는 약효가 좋아서 이렇게 느껴지는 줄 알았다.

그다음 주, 나는 평정심을 점점 되찾기 시작했다. 늘 그랬듯 자바 프로그래밍은 나랑 전혀 맞지 않았으며, 내가 미워했던 사람은 다시 미워졌다. 한동안은 자바 프로그래밍 책이 눈에 밟혔지만 지금은 그것마저도 치워 버린 상황이라서 마음이 아주 편하다.

한동안 나를 지켜보던 정신과 의사는 아주 전형적인 '약 부작용'이라고 했다. 계속되면 약을 줄이려고 했지만 괜찮아져서 다행이라고 했다. 덕분에 평생 본 적 없던 '열정적인 한 대리 버전'을 겪었다.

이미지 만들기

팀장의 별명은 유치하게도 '얼음 대마왕'이다. 이 별명처럼 나는 물론 다른 사람을 당황케 하는 행동을 자주 한다. 또 누군가를 바라볼 때 눈빛이 정말 싸늘하게 변한다. 그 눈빛의 대상이 될 때 단지 몇 초이지만 울고 싶기도 하다. 하지만 팀장은 내가 바꿀 수 없다. 또 이런 성향을 바꿔 보라고 쉽게 말할 수도 없다.

내 자리는 바로 팀장 옆이라 하루에도 마주칠 일이 여러 번 있지만 그중 가장 싫은 시간은 월요일마다 오후에 있는 파트장 회의다. 파트장들을 모아 놓고 주의 및 당부 사항 같은 것을 전하는 자리다. 사실 당부 사항이란 게 고운 말로 나오지 않기도 하지만 그것보다 조금이라도 심기를 건드리면 된통 혼나기도 한다.

이 회의가 있기 전 항상 난 배탈이 나서 자리에 앉아 있을 수 없었는데, 그래서 회의에 매번 늦는 바람에 더 극악의 상황으로 치닫곤 했다.

정기 회의가 주는 스트레스에 대비하기 위해 평소 팀장이 어떤 이미지인지 그려 봤다.

영화 <라이언 킹>에 나오는 '스카'와 같았다. 왕이 되고 싶었지만 왕이 되지 못했고, 점점 더 무서운 표정을 짓는 사자. 공포 정치로 왕국을 다스리기 원하지만 누구에게도 사랑이나 신뢰를 받지 못하는 캐릭터.

팀장을 이미지화하고 난 뒤로는 조금 덜 무서워졌고, 무섭다고 하더라도 그 감정이 오래가지 않았다. 다음 회의에서 웬 불쌍한 사자가 괜히 으르렁거리거든, 마음속으로 안타까워하며 기억에서 잊어버리면 된다.

정기 회의

상담과 병원의 차이에 대하여

정신 질환 치료를 위해 심리 상담 센터와 병원 중 어느 곳을 갈 것인지 선택하게 된다. 내 경우 심리 상담 센터의 예약이 더 빨리 잡혔다는 이유만으로 상담 치료를 먼저 받았다. 여타 질병과는 달리 정신 질환은 어떤 사람을 만나느냐가 중요한데, 심리 상담사분이 꽤 조심스러운 편이어서 낯을 심하게 가리는 나도 충분히 적응할 시간을 가질 수 있었다.

사실 상담 치료를 시작하자마자 약물 치료를 병행할 것을 권고받았었는데 이 시도는 처참히 실패하고 말았다. 당시 만났던 정신과 의사는 남자인데다 또래이기도 해서 불편하게 느껴졌기 때문이다.

사실 가장 중요한 이유는 다른 것이었다. 내가 상담에 너무 익숙해진 나머지, '어디가 불편해서 오셨어요?' 하는 질문에 나의 신체적 증상이 아닌 그저 고민거리를 마구 털어놓았던 것이다.

병원마다 그리고 정신과 의사에 따라 조금씩 다르겠지만 병원은 결국 병원인지라 환자의 증상을 치료하고자 존재한다. 병원에 방문한다면 선생님이 궁금해하는 것이 증상인지 고민거리인지 꼭 확인하길 바란다.

실패는 흔한 일이다

마치 상담이 처음인 것처럼 적었지만, 오랫동안 마음을 앓았던 만큼 이전에도 여러 시도를 했었다. 상처받았던 경험이지만 누구에게나 일어날 수 있는 일이기에 털어놓는다.

대학 시절 만났던 상담사는 학교에서 연결해 준 분이었다. 심리 검사를 먼저 받은 뒤 첫날 나에게 이렇게 말했다.

"검사 결과는 너무 심각해 보여서 걱정했는데, 직접 만나보니 표정도 괜찮고 걱정 안 해도 되겠네요."

그 이후로 나는 상담사에게 내 속마음을 말할 수 없었다. 나를 너무 걱정할까 봐 걱정됐다. 상담사가 생각하는 나는 명랑한 아이인데 그 생각을 깨 버릴까 봐 두려웠다.

내가 꽤 안정적인 상태에 있다고 생각했던 상담사는 상담마다 나에게 조금 과한 숙제를 줬다. 예를 들면 나를 괴롭혔던 친구들이 참석하는 동창회에 가거나 소셜 네트워크 서비스 탈퇴하기 등 따위의 것들이었다. 나는 매번 거짓말을 하기 바빴다. 동창회에 나갔는데 마음이 하나도 불편하지 않았다고, 내가 더 잘 살고 있는 것 같아서 뿌듯했다고. 거짓말로 상담을 마치고 나올 때마다 이것조차 잘 해내지 못하는 내가 미웠다. 결국 고민 끝에 말도 없이 상담을 그만두었으며, 몇 차례 전화가 왔지만 받을 수 없었다. 내가 그동안 했던 거짓말을 다 털어놓아야 하니까. 그건 너무 무서웠다.

그 후로 일 년 후 학교 밖 상담 센터를 찾았을 때는 마음이 더 많이 아팠다. 이때는 심리 검사를 받기 전 상담사와 상담을 먼저 진행했는데, 워낙 속마음을 잘 털어놓지 못하는지라 하고 싶은 말 주변만 맴맴 돌고 있는 나에게 차가운 표정으로 했던 말이 생생하다. “요즘 누구나 그 정도 고민은 한다”고 말이다. 그리고 “취업 준비생이라 너무 과하게 고민하는 것 같으니 일단 자기소개서 쓰기에 집중했으면 좋겠다”라고 말했다.

10년이나 지난 일이니 이해하려고 했지만 사실 아직도 잘 모르겠다. 위태로운 마음으로 알바비를 털어 상담을 받으러 간 나에게 그런 무성의한 조언이 필요했는지 그리고 왜 그분은 나에게 그런 조언밖에 할 수 없었는지.

이런저런 경험 끝에 다시 상담을 찾기까지 5년이 넘게 걸렸다. 이런 기억들 탓에 상담 센터든 병원이든 첫 진료를 하는 날 아주 겁이 많이 났다. 다행히도 이번에는 참을성 있게 들어주는 심리 상담사를 만나 그간 상담에서 상처받은 이야기를 엉엉 울며 털어놓을 수 있었고 병원에서 실패했던 경험도 극복할 수 있었다.

몇 달 후 연계된 병원의 의사가 바뀌고 나서부터 약물 치료를 시작할 수 있었는데, 병원에서의 첫 진료는 심리 상담사의 진심 어린 응원과 함께 잘 겪어낼 수 있었다.

나의 장점을 분명히 알기

나는 뭐든 빠르게 배운다. 새로운 분야에 도전하는 데에 거리낌이 없다. 업무에 필요한 것이라면 무엇이든 일단 배우고 본다. 말을 잘해서 발표도 잘한다. 앞에 앉아 있는 청중이 많을수록 자신감이 붙는다. 아무리 높으신 분이 앞에 있더라도 별로 떨지 않는다. 떨어도 별로 티가 나지 않는다고 이야기하는 편이 더 정확하겠다. 창의적이다. 창의성을 발휘할 곳 하나 없는 회사에서 그나마 무엇이든 재밌고 새롭게 해 보려고 노력하는 편이다.

하지만 나는 좀 덜렁댄다. 백 번을 다시 보아도 문서에 오타는 꼭 하나씩 있다. 메일 수신인을 헷갈려서 잘못 보내는 실수는 이제 익숙하다. 한 사람한테 일 년 내내 잘못 보낸 적도 있다. 숫자와 엑셀에 특히 약하다. 숫자가 세 자리 이상을 넘어서면 이때부턴 숫자가 아니라 그림처럼 보인다.

단점은 업무를 하면서 언젠간 드러나게 마련이다. 단점 때문에 내가 노력해온 것들이 조금 평가절하될 수도 있다. 하지만 이럴 때일수록 확실한 나의 장점들을 기억하자. 단점이 있을지언정 내가 가진 뛰어난 것만으로도 충분히 능력 있는 한 사람이라고 생각하자. 기죽지 말고 나의 강점을 펼칠 수 있는 일들을 씩씩하게 해내면 된다.

당신이
겪을 수 있는
약 부작용 #2

약을 먹은 이후로 우울과 불안은 눈에 띄게 줄어들었다. 사람이 붐비는 곳도 혼자서 잘 가고 만원인 지하철도 조금씩 노력해서 탈 수 있게 되었다.

그런데 어느 날, 집에서 뒹굴뒹굴하며 TV를 보고 있는데 갑자기 맑은 창밖으로 뛰어내리고 싶은 느낌이 왔다. 지금 이 순간이 너무 편안하니까 지금 사라져 버리면 좋은 기억만 남을 것 같았다.

혹시라도 당신에게 그런 순간이 온다면 바로 병원에 가야 한다. 무슨 일이 있어도 그냥 지나가선 안 된다. 진짜 죽고 싶은 게 아니라 약 부작용일 뿐이다. 지금 죽으면 너무나도 억울할 게 분명하다.

거리 두기

우리 팀 구성원은 50명으로, 나와 가까이 붙어 일하는 사람은 10명 정도이다. 이 중에서 내가 싫어하는 사람, 나를 싫어하는 사람, 조금 친해지기 어려운 사람을 제외하면 한 명이 남는다. 내가 회사에서 유일하게 기댔던 A 과장이다.

나는 A 과장과의 관계에 오랫동안 집착해 왔다. 한번은 사소한 오해로 A 과장이 나를 멀리하던 때가 있었는데, 그동안 나는 상사병 환자가 된 것 같았다. 연애를 하면서도 한 번도 걸리지 못했던 상사병을 회사에서 걸리다니…. 나는 항상 A 과장을 멀리서 바라보며, '오늘은 나를 바라봐 주지 않을까?'라는 생각을 했다. 그래서 한번은 회식에서 술에 잔뜩 취해 A 과장이 내 마음을 알아주지 않아 속상하다고 대성통곡을 하는 바람에 다음 날 서로 얼굴을 보기가 민망했던 기억이 있다.

사실 A 과장은 내가 뛰쳐나오고 싶은 부서에서 일하고 있었을 때 나를 다른 부서로 옮길 수 있게 도와준 사람이었다. 내게는 구세주와 같았다. 그래서 A 과장에게 인정받으며, 사랑받는 게 '회사 생활의 전부'라고 생각했다.

몇 개월의 감정싸움 끝에 A 과장과의 관계는 회복되었지만 괴로웠던 이 시간을 다시는 겪고 싶지 않다. 그가 뭐라고 해도 나는 의연해지고 싶었지만 그의 작은 흔들림에 나는 큰 파도처럼 출렁였다.

이때 연애할 때처럼 회사에서도 어느 정도 사람들과 '거리 두기'가 필요하다는 것을 느꼈다. 좋아하는 사람에게 한결같이 아껴 주고, 잘해 주는 것은 나뿐만 아니라 그 사람에게도 괴로운 일이다. '업무'라는 이름 아래 서로 얽혀 있는 '회사'라는 공간에서는 더욱더 그렇다.

회사에서 다른 사람을 위해 내가 할 수 있는 선이 어디까지인지 생각해 보자. 업무와 관련한 이야기만 나눌 것인지, 다른 사람의 고충을 들어줄 준비가 되어 있는지, 그 고충을 들어주고 필요하다면 어느 정도 개입할 준비도 되어 있는지, 만약에 과도한 업무를 상사가 지시한다면 거절할 수 있는지, 부탁을 받았다면 반대로 나도 부탁할 수 있는 공평한 관계인지를.

일반적인 연인 관계에서 제삼자의 의견이 불필요하듯 회사 내의 관계도 마찬가지다. 어느 관계든 정답은 없다. 다만 내가 쓸 수 있는 에너지의 범위 내에서 어느 정도까지 수용할 수 있는지, 혹시 어떤 사람과의 관계가 내게 스트레스로 온다면 어떻게 관계를 조정해야 좋을지 다시금 돌아보아야 한다.

미생이면
좀 어때?

신입사원 딱지를 떼지 못했을 때였다. 당시 드라마 <미생>이 방영 중이었고, 직장인의 애환을 잘 담고 있어 굉장한 인기를 끌고 있었다. 많은 직장인의 공감을 얻은 덕에 아직까지도 회자되곤 한다. 드라마 배경처럼 영업팀에 몸담고 있던 나는 그 드라마를 보면 퇴근을 하고도 TV로 다시 출근하는 기분이 들었다. 게다가 대부분의 선배가 자신을 '멋진 선배' 역인 오 과장에 대입하는 바람에 조금 당황스럽기도 했다.

드라마 <미생>은 또 다른 방법으로 나를 괴롭게 했는데 등장인물들과 비교해 직장인으로서 나는, 자격 미달인 것처럼 느껴졌기 때문이다. '슈퍼맘'으로 살기 위해 아등바등하는 선 차장, 전날 과음을 하고도 홍삼을 먹으며 출근하는 장그래, 임신 사실을 숨기다 쓰러진 다른 여자 직원까지…. 다들 자신의 힘들고 어려운 면을 숨기기에 여념이 없었지만 그게 내 눈에는 프로 정신인 것처럼 보였다.

드라마에서만 이런 장면이 연출된 것은 아니었다. 회사에서도 회식 다음 날 선배들은 보란 듯이 평소보다 한 시간쯤 일찍 출근하곤 했다. 독감에 걸렸을 때는 링거를 맞기도 하고, 눈 밑 다크써클을 가리기 위해 파운데이션 쿠션을 두드렸다. 이 모습을 보고 '사회생활'이란 것을 배운 나는 직장인이라면 당연히 그래야 하는 줄 알았다. 그렇게 퇴근하다 기절하고 다음 날 눈물 바람으로 출근하며 지금의 한 대리가 되었다. 내가 한 대리가 아닌 한 사장이나 한 회장이었다면 당연히 '앞만 보고 힘차게 달려!'라고 쓰겠지만. 사실 잘 모르겠다.

만약 내가 나의 동료라면, 내가 조금은 허술했으면 좋겠다. 가끔 실수도 하고, 또 실수했을 때는 속상해하기도 하며 같이 돕고 성장해 나갔으면 좋겠다. 너무 꿈같은 이야기일지도 모르지만 말이다. 시간이 더 흘러 더 나이가 든 직장인이 되어도 가끔은 날씨가 좋아 바람 쐬러 일찍 퇴근하는, 조금은 제멋대로인 한 과장 또는 한 차장이 되고 싶다.

벽장 속에서 나오기

'우울증'은 감기 같은 것이라고 많이들 이야기한다. 누구나 한 번쯤 걸릴 수 있고, 이 중에는 독감도 있어서 강도가 좀 더 심하거나 기간이 오래가기도 한다고. 물론 정신 질환을 빗대어 한 표현이라고 생각하지만 당사자인 나는 솔직히 이 말이 조금 거슬린다.

세상에 10년, 20년을 앓는 감기도 있었나? 게다가 감기처럼 대증 요법으로 치료할 방법도 없다. 또 당장 우울해서 죽고 싶은데 감기라면 약을 먹고 금방 괜찮아지겠지만 정신 질환은 금세 괜찮아지고 그런 게 아니니까. 다른 사람에게 감기에 걸렸다고 말하면 푹 쉬고 따뜻한 물을 많이 마시라고 이야기해 주겠지만, 내가 정신과 치료를 받는다고 하면 다들 처음 볼만한 표정을 짓는다.

그래서 대부분 사람은 여전히 자신의 병에 대해 쉽사리 이야기하지 못한다. 특히 개인적인 성향과 건강마저도 평판으로 연결되는 회사에서는 더 밝히기가 어렵다.

어쩔 수 없이 회사에 정신 질환을 앓고 있다고 밝혀야 하는 때가 생기기도 한다.

예를 들면 아래의 경우다.

1) 근무 시간이 매우 유연하지 않은 회사에서 정기적으로 병원에 다녀야 하는 경우

2) 어쩌다 정신 질환을 앓고 있는 사실을 들킨 경우

3) 휴직이나 병가 등의 제도를 활용하게 되는 경우

4) 기타

나는 당당히 이야기하라고 쓰고 싶지만 솔직히 말해 불가능에 가깝다. 그러다 소문이라도 퍼진다면 도움이 하나도 안 되는 동정 어린 시선만 잔뜩 받을 것이 분명하다.

가장 현실적인 방안은 들키지 않는 것이다. 회사는 이미 성격이 매우 이상하거나 일을 매우 이상하게 하는 사람 등으로 가득하므로, 우리의 질환은 쉽사리 드러나지 않는다. 게다가 사람들의 상상력은 빈약하기 짝이 없어서 내가 무기력 때문에 3일 내내 같은 옷을 입고 오면 '한 대리, 요새 남자 만나?'처럼 무가치한 말이나 할 것이다.

하지만 당신이 1번과 같은 경우에 처해 있다면 정기적으로 자리를 비워야 하는 핑계를 만들기를 추천한다. 기왕이면 조금 에너제틱하거나 자기 계발과 관련한 것이라면 좋겠다. 예를 들면 영어 학원에 다닌다고 하거나 누구나 해야 한다고 생각하는 그런 일들 말이다. 만약 조금 양심에 걸린다면 정기적인 치료가 필요한 다른 질환으로 말하는 것도 괜찮다. 중요한 건 내가 치료를 놓치지 않고 받는 것이며, 업무 중에 상담 센터나 병원 스케줄이 잡혀도 초조해지는 상황을 막는 것이다.

2번이나 3번의 경우에 처해 있다면 금방 머리에서 사라져 버릴 만한 흔한 이야기를 만들면 좋겠다. 회사 스트레스 때문에 치료를 받는다고 하면 겉으로는 이해한다고 하면서도 속으로는 '뭘 얼마나 힘들다고…' 하며 겪지도 않은 남의 고통을 저울질하는 좀생이들이 있을 수 있으니까 말이다.

단, 이야기가 자극적이면 소문만 나니까 우리나라에서 너무 흔한 일인 '엄격한 아버지와 자상한 어머니' 정도의 이야기면 괜찮을지도 모른다. 엄격한 아버지 밑에서 자라 스스로한테 조금 타이트한 편이라든가 말이다.

나는 1번처럼 업무 특성상 자리에 들고 나는 게 티가 났기 때문

불안장애

에 정기적으로 병원에 다니기 힘들었다. 그래서 고심 끝에 나의 평가, 즉 연봉 인상과 그 외의 모든 것에 관련한 권한을 쥐고 있는 상사에게 내가 상담 치료와 약물 치료를 병행해야 함을 밝혔다. 상사는 약간 눈물을 글썽이며 '그런 줄도 모르고 일만 냅다 시켜 댔다'고 자책하고는 대강 훈훈하게 마무리됐다.

그러던 어느 날 재미있는 일이 생겼다. 동료들과 가진 티타임에서 갑자기 내 모든 이야기를 알고 있던 상사가 "우리 중에 한 대리가 가장 멘탈 갑"이라고 말한 것이다. 일부러 던진 멘트라고 생각할 수 있겠지만, 장담컨대 이 말을 할 때 상사의 눈은 확신에 가득 차 있었다. 게다가 그 이후 나의 업무는 이전과 같거나 더 많아지기만 했다. 과연 내가 면담에서 한 이야기를 이해한 것인지 도무지 알 수 없었다.

사실 이게 잘된 일인지 아닌지 아직도 잘 모르겠다. 말하면서 조금 후련하기도 했고 일이 줄어들까 해서 기대도 됐는데 이게 어찌 된 일인지…. 어쨌든 심리 상담사로부터 용기 있는 일이라 칭찬받았으니 그것으로 만족이다.

두려움에 가려 알지 못했던 것

팀장을 무서워하게 된 계기는 자세히 기억나지 않는다. 아주 사소한 지적을 듣고 난 후였는데 상사라면 한 번쯤 이야기할 수도 있을 법한 그런 말이었다. 하지만 아주 작았던 두려움은 시간이 갈수록 제멋대로 그 크기가 불어났고, 어느 순간 그가 뱉는 단어 하나하나가 마음에 싸늘하게 맺히기 시작했다.

오랜 시간을 지나 두려움을 조금 극복하고 나서 팀장에 대해 새로운 사실을 발견하게 됐다. 우선 그는 나를 참 아낀다는 것. 가끔 나에게 잘못한 것보다도 지나치게 화를 내며 자신의 기분 내키는 대로 말을 내뱉어서 상처를 주지만 나한테만 그렇게 하는 건 아니라는 것. 중요한 업무가 생길 때면 관련 회의에 꼭 불러다 앉힐 만큼 신뢰하며, 으레 하는 이야기일 수도 있지만 내가 꼭 필요한 인재라고 항상 이야기해 왔다는 것.

그를 좋은 사람이라고는 부를 수는 없지만, 내가 특별히 두려워할 이유도 없다는 것.

만약

대출이 없었다면, 결혼하지 않았더라면, 강아지를 키우지 않았더라면, 아니면 우리 집이 조금 더 부자였더라면 나는 퇴사를 선택했을까?

의미가 없기에 쓸모없는 상상이지만 어떤 상황이 와도 그 선택의 주인은 나였으면 한다. 은행도, 가족도, 강아지도, 종잡을 수 없는 내 감정도 아닌 바로 나.

꽤나 긴 시간이었다

내가 중학교 2학년 때, 심장이 쪼그라드는 느낌이 들어 병원에 간 적이 있다. 새벽 1시까지 학원에 다닐 때였다. 학원은 A반부터 I반으로 나뉘었는데, 격주로 보는 '반 배치 시험'을 기준으로 등수를 매겼다. 1등에서부터 20등까지 A반, 21등에서부터 40등까지 B반으로 배치되는 식이었다. 그래서 반 이름만으로도 얼마나 공부를 잘하는 학생인지를 단번에 알 수 있었다.

반 배치 시험 결과가 나오는 날이면 모두 학원 게시판 앞에 서서 자신의 이름을 찾느라 정신이 없었다. 옆자리 짝꿍이 다른 반으로 바뀌는 날이면 마음이 이상하게 울렁거렸다. 나는 더 등수가 높은 반에 올라가고 싶은 욕심과 더 등수가 낮은 반으로 가기 싫은 두려움이 한 데 뒤섞여 한동안 밥도 넘어가지 않았다.

반 배치 시험 전날 몸이 너무 아파 공부를 할 수 없었던 때도 있었다. 시험에서는 미처 공부하지 못한 것이 잔뜩 나왔고, 나는 시험이 끝나기도 전에 갑자기 잠이 들었다. 꿈속에 나는 빵점을 맞은 시험지를 얼굴 위로 높게 펴들고 있었다. 그 주위를 같은 반이었던 친구들이 에워싸고 있었다. 친구들은 무표정하게 나를 바라보며 아무 말도 하지 않았는데, 차라리 웃으며 놀렸으면 좋겠다고 생각했다.

내가 눈을 떴을 때는 앰뷸런스 안이었다. 시험이 끝나자 책상에 엎드린 나는 아무 반응이 없었다고 했다. 병원에 도착해서 온갖 검사를 마쳤지만 몸에는 아무 이상이 없으며, 소화가 안 되는 것 같으니 건강한 음식을 먹으면 될 것 같다고 했다. 나는 알고 있었다. 이 모든 일이 내 마음 때문이라는 것을.

이로부터 20년이라는 시간이 흘렀다. 이따금 나는 왜 더 일찍 솔직해지지 못했는지 생각해 본다. 병원에 가서 심장 언저리에 이상한 패치를 온몸에 붙이고 검사를 하던 그 순간에, 사실 마음이 이상한 것 같다고 말했다면 금방 괜찮아질 수 있었을까?

참 먼 길을 돌아왔다. 겪지 않아도 되었을 시간이었다.

회상

기분이 조금씩 우울할 때마다 병원에 가서 과거 나의 몸 상태를 확인해 본다.

나: 선생님, 저 6개월 전에 어땠어요?

정신과 의사: 이때는 출근하는 날 배탈이 나서 힘들다고 그랬어요. 자다가 일어나서 돌아다니기도 하고요.

나: 정말요? 저 요새는 자다가 잘 안 깨요. 잠깐 깨도 바로 다시 자요. 배탈도 찬 음식을 많이 먹을 때만 나요.

정신과 의사: 그래요? 다행이네요.

눈에 띄는 변화들

이제는 서점에 가서 책을 고를 수 있게 되었다. 이전에는 책 냄새만 맡아도 속이 좋지 않아 화장실 신세를 아주 오래 져야 했는데 이제 한 시간은 너끈히 책 구경을 한다.

이제는 내가 어떤 순간에 불안해하고 컨디션이 급격히 나빠지는지 알고 있다. 적당한 시점에 도움을 청할 수 있고, 그게 어려울 때는 나만이 할 수 있는 대처 방안이 있다.

싫어하는 회의에 들어가는 일은 여전히 싫다. 하지만 예전처럼 뛰쳐나갈 것 같은 기분만 들지 않으면 그러려니 할 줄 알게 되었다.

사람이 붐비는 곳은 '내가 이런 곳을 힘들어한다고 알고 있는 것'만으로도 도움이 된다. 예전처럼 심장이 왜 마구 쿵쾅대는지 몰라서 공항 면세점을 억지로 둘러보지도 않는다. 낯선 사람과 만나서 대화하는 건 여전히 싫다. 태어날 때부터 싫었고 앞으로도 싫을 모양이다.

일 생각 없이 푹 쉬는 건 생각보다 정말 어려운 일이다. 그렇다고 일을 좋아하는 건 아닌데, 쉬는 날에도 자꾸 무엇인가를 해야만 할 것 같은 생각이 여전히 든다. 그래도 이제 쉬는 날에 업무 메일은 거의 안 본다.

잠을 자는 것은 여전히 조금 힘들다. 약을 먹고 잠드니 아침에 일어나는 게 조금 힘든데, 정성 들여 두드려 깨우는 반려인이 생긴 덕에 한시름 놓을 수 있었다. 그래도 이제 가위는 거의 눌리지 않는다. 잠드는 게 무섭지도 않고, 자다가 깨서 새벽에 카카오톡 메신저를 열어 친구들에게 답장을 마구 날리지도 않는다.

신기하게도 정말 많이 나아졌다.

사실 이건 체력전이야

헬스장이 정말 싫다. 운동을 싫어하기는 하지만 헬스장은 더 싫다. 현란한 조명, 여기저기서 쿵쾅대는 운동 기구 소리, 사람들이 뿜어내는 과한 열기를 느끼고 있노라면 숨만 쉬어도 기운이 쭉쭉 빠지는 것 같았다. 헬스장에만 가면 배탈 때문에 식은땀이 절로 나서 운동을 시작하기도 전에 가장 땀을 많이 뺀 얼굴이 된다. 그 핑계로 운동을 멀리한 지 너무 오래됐다.

문제는 마음의 병을 고치는 것이 생각보다 많은 체력을 요한다는 점이다. 누군가는 상담 치료를 몇 번만 하는 것으로 나을 수도 있겠지만 나는 그렇지 않았다. 병이 나았다가도 다시 뒷걸음질친다. 괜찮다가도 무너지는 나를 지탱하려면 건강한 몸이 필요하다. 상담 센터까지 힘차게 걸어가며, 출근하는 버스에서 흔들리지 않고 서 있을 수 있는 체력 정도는 있어야 뭔가를 시도해 볼 수 있다. 약한 몸은 약한 마음과 단짝 친구가 되어 점점 나를 한구석으로 몰아넣기 때문이다.

꼭 헬스나 필라테스와 같은 운동일 필요는 없다. 집 앞 산책로에서 앞뒤로 손뼉 치며 걷기, 근린공원의 운동 기구 타기처럼 쉬운 것부터 시도하는 것도 좋다. 그리고 큰일을 해낸 나의 어깨를 두드려 주자. 내 몸은 앞으로 기나긴 체력전을 함께 해야 할 파트너이니까 말이다.

끝날 때까지 끝난 것이 아니다

처음 병원에 갔을 때는 기껏해야 두세 달 정도 약을 먹으면 괜찮을 줄 알았는데 생각보다 오랜 기간 치료가 필요했다.

다 나은 줄로 착각하다가 실망했던 날도 있었다. 매일 불안에 잠겨 살 때는 몰랐는데 이따금 찾아오는 심한 불안이 무서웠다. 매일 잠을 못 이룰 때는 몰랐는데 하루라도 잠을 설치면 피곤보다 우울함이 먼저 찾아왔다. 예전의 어두운 내 모습으로 돌아갈까 봐 덜컥 겁이 나기도 했다.

우울증에 걸리지 않은 사람에게도 우울한 날은 있다. 잠깐 불안했다고 해서 모두가 불안 장애를 가지고 있는 것은 아니다. 치료 도중에 좋지 않은 변화가 생겨도 그러려니 하고 넘어갈 수 있는 대범함도 필요하다.

CHAPTER 4

✖

조금 괜찮아져서 하는 이야기

털어놓지 못한 말들

상담을 시작할 때는 겨울이었는데, 어느새 사계절을 한 바퀴 돌고 봄이 오고 있다. 지금처럼 애매한 봄일 때는 마음에도 아지랑이가 피어나는 것처럼 간질간질하다. 이럴 때면 누군가를 붙잡고 나의 심란한 속을 털어놓고 싶어진다.

내가 정신 질환을 겪는 회사원이 될 줄 몰랐다. 아니, 사실 내가 회사원이 될지도 몰랐다. 여덟 살의 한 대리는 어른이 되면 성공한 사업가나 정치인이 되는 건 줄 알았다. 인생이 계획한 대로만 흘러가리라 생각한다면 그건 오산이다. 그리고 더 큰 오산은 내 마음대로 다 이루어질 것이라는 믿음이다. 마음은 아주 섬세한 관리가 필요하다. 온도와 습도를 맞춰 주지 않으면 금세 변형돼 버리는 오래된 책처럼 말이다. 있는 그대로 내버려 두면 금방 상하고 만다.

내 마음이 제멋대로 굴어서 나를 힘들게 하는 일 모두에 대해 남의 탓을 하고 싶었다. 어렸을 때 따돌림을 당했던 적이 있었는데 이때 용기 있게 나서지 않은 선생님과 친구들, 나의 예민함을 일찍 알아주지 않은 부모님, 그리고 여기에 다 적을 수는 없지만 내 마음을 아프게 만들었던 모든 사람 탓을 했다.

그런데 아무리 생각해도 결국 내 마음을 내버려 뒀던 건 나였다. 그저 돈이나 시간, 귀찮음 따위를 핑계로 대며 미뤘던 것뿐. 그리고 조금은 나도 내 불안을 의지했다고 해야 할까? 지금까지 애써 만들어 왔던 내가 바뀌는 것이 무섭기도 했다.

나이가 마흔이 넘으면 본인 얼굴은 스스로가 책임지는 것이라는데, 서른이 넘은 내 마음도 그런 것 같다. 하지만 언제까지 뒷짐을 진 채로 남 탓만 하고 있을 수 없는 노릇이다.

회사 사람들은 내가 이런 글을 쓰고 있는지 꿈에도 모를 것이다. 사실 회사 욕을 하려고 시작했는데, 내가 진짜로 하고 싶었던 건 그게 아니었다. 나는 그냥 괜찮고 싶었을 뿐이다. 회사에서 상처를 받아도, 일이 버겁도록 많아도 씩씩하게 이겨 내고 싶었다.

이 모든 계절이 오가는 동안 곁을 지킨 내 친구이자 동료, 반려자에게 고맙다. 내가 그렇게 괜찮은 사람이 아님을 나도 알지만, 단 한 번도 나에게 화를 내지 않아서. 그게 얼마나 힘든 일인지 알기에.

그리고 너무 사랑하는 나의 강아지들, 내 인생에서 가장 어두웠던 날에 나타나 웃음만 가득 안겨 준 강아지들. 어둠에 강아지들을 끌어들인 것 같아 미안할 때도 많다.

여전히 소중한 가족들이 걱정돼서 못 한 이야기가 많다. 혹시라도 나 때문에 자신을 탓하게 될까 봐 무서웠기 때문이다. 가족들이 미웠던 때도 있었지만 그렇지 않은 가족이 어디 있을까? 나한테 상처를 몇 번이나 준 적이 있지만 일부러 그러지 않았다는 것을 안다. 그리고 아빠 엄마도 나처럼 도움이 필요한 사람들이다. 부모가 자식에게 상처를 주지 않는다면 좋겠지만, 그게 어디 쉬운 일일까?

"우리 편하게 지내자. 각자 있어야 하는 곳에서."

묻고 싶은 것이 있다

가끔 친구들이 나에게 묻고는 한다.

“그래서 그 불안… 그거는 다 나았어?”

걱정해 주는 마음은 알겠지만, 마음은 접질린 발목처럼 치료한다고 금방 낫는 그런 것이 아니다. 사실 나도 몇 달 정도 약을 먹고, 열심히 상담받으면 세상 모든 근심과 불안이 사라져서 밝은 사람으로 다시 태어나리라 생각했다. 사실 나는 해맑은 사람이었는데, 잠깐 아파서 그렇지 않았던 것처럼.

하지만 치료를 받으며 나아지고 있는 와중에도 나는 예전과 비슷한 사람이다. 여전히 자주 좌절하고, 별것 아닌 일에도 잠을 설치며, 작은 일에 지나치게 우울해한다. 주변 사람들의 만류에도 말도 안 되게 술을 마실 때도 있고, 꼴사나운 주사를 하기도 한다.

치료에 실패한 것이냐고 묻는다면, 나도 모른다. 그런데 나는 아프기 전에도 어딘가 우울해 보이고, 생각이 지나치게 많았다. 앞에서도 이야기했듯 정신과 의사는 내가 느끼는 불안은 기질적인 요소가 큰 것 같다고. 이 이야기를 듣고 조금 슬프기도 했지만 어딘지 모르게 안심이 되기도 했다.

내가 종일 누워서 뒹굴뒹굴하거나 하루 정도 입맛이 없어도, 우울함이 심해진 게 아니라 그냥 그런 날이 있는 것이다. 게으르고 우울한 모습은 병이 아니라 그냥 나의 여러 모습 중 하나라고.

항상 누군가에게 듣고 싶은 말이 있었다.
"네가 이런 사람이어도, 괜찮다."
어쨌든 가끔 우울하고 불안해도 그런 모습이 '나'인 것이다.

이해 받기란 어려워

경험하지 않은 일을 공감하는 것은 참 어렵다. 영화를 볼 때 주인공이 어떤 생각을 하고 있는지 짐작만 할 뿐이다. 한동안 나의 복잡한 마음을 온전히 이해해 주는 사람을 만나기를 간절히 원했다. 이런 사람이 마법처럼 나타난다면 모든 아픔이 한순간에 사라질 것 같았다.

하지만 내 마음을 온전히 이해해 줄 수 있는 사람은 세상에 단 한 명, 나 자신뿐이었다. 심지어 나조차도 나 자신을 이해하기까지 꽤 많은 시간과 노력이 필요했다. 정신과 의사는 내가 나를 이해하도록 도와주고 나은 방향으로 갈 수 있도록 안내하는 사람일 뿐, 내가 일방적으로 이해받는 관계를 이어 나갈 수는 없다.

우리는 모두 각자 삶의 주인공이다. 그렇기 때문에 나의 슬픔이 타인의 삶에 가장 큰 사건이 될 수는 없다. 내가 불안 장애에 대해 글을 쓰기도 했지만 가까운 사람들조차 여전히 나에게 상처가 될 법한 말을 던지고, 심지어는 나의 아픔을 웃음거리로 소비하기도 한다. 치료받기 전에는 친구들의 말에 마음을 쓰며 오랫동안 아파했지만 이제는 아주 잠깐만 마음이 쓰인다.

나 자신의 아픔에 예민하게 반응하면서도 타인의 입장을 온전히 이해하지는 못한다는 것을 안다. 그래서 타인이 나에게 무지한 채로 이야기할 수도 있다는 사실도 안다. 나에게 함부로 말하지 않은 사람이 조금 더 많으면 좋겠지만, 그건 내가 어찌할 수 있는 게 아니니까.

나의 몫,
나의 역사

이 책은 아주 얇고 작은 모습으로 세상에 처음 나왔었다. 책을 마무리할 때만 해도 나는 이 세상에서 가장 행복한 사람인 것만 같았다. 먹는 약도 줄이는 상태였고, 회사도 다닐 만해서 상담 치료도 종결했다.

잠을 잘 자니 몸에 기운이 차오르는 것을 느낄 수 있었다. 그리고 평생 꿈꾸던 우유니 소금 사막을 보기 위해 볼리비아 여행도 앞두고 있었다. 좀처럼 잠들지 못하던, 조금만 불편한 것이 있어도 배탈이 나며 땀을 흥건하게 흘리던 때는 꿈도 꿀 수 없는 일이었다.

책이 조금씩 알려지기 시작하자 가끔 정성 어린 메일이나 메시지도 받아볼 수 있었다. 고맙다고, 위로되었다고, 우리 앞으로도 같이 힘을 내자고. 가끔 '작가님'이라는 호칭이 쑥스럽기도 하고, 내심 좋았다. 내 역사 속에서 '불안 장애'라는 한 주제가 마무리되며, 새로운 장이 열리는 것 같았다. 내가 가진 숙제를 다 해결한 것처럼 .

그러다 한순간 내가 '안정'이라 여겼던 많은 것이 한꺼번에 흔들렸다. 엄마가 정신과 약 봉투를 우연히 보게 된 것이다. 엄마는 나를 응원하는 대신 몹시 당황스러워 했으며, 나는 그런 엄마를 받아들이지 못하고 화를 내기 시작했다. 사춘기 때도 엄마에게 짜증을 내지 않았던 내가 일생일대 가장 큰소리를 냈다.

그리고 회사 동료로 시작해 나의 반려자가 된 그가 다른 회사로 갔다. 이직하는 것은 직장인들에게 너무나도 흔한 일이라고 여길 수 있지만, 내 감정과 회사 생활을 의지하던 사람이 떠난다는 일은 조금 특별했다.

시간이 지나고 나니 별것 아닌 일처럼 느껴진다. 하지만 이 두 사건은 내가 그동안 애써 외면했던 많은 감정을 억지로 직면하게 했다. 나는 화가 많으며, 엄마에게 예민한 딸이라는 것 그리고 씩씩한 척하지만 혼자 있기를 두려워한다는 것을.

또 다른 도전에 직면해 눈물로 적신 날들을 보내며, 지겹다고 생각했다. 게임처럼 계속해 다음 탄을 깨도 쉽게 끝나지 않는 것 같다고. 하지만 이전처럼 막막하거나 죽고 싶지는 않았다.

책을 쓰면서 가장 큰 깨달음을 얻었다. 바로, 내가 죽겠다고 다짐했던 그 순간 정말로 죽었다면 나는 저승에서 너무 억울했을 것 같다는 사실. 나는 여전히 몹시 불안하며 때때로 죽을 것만 같은 공포를 마주하지만 이제 그보다는 즐거운 순간이 더 많다. 사랑하는 사람과 좋아하는 장소에 가서 여유를 만끽할 수 있게 되었으며, 싫어하는 것도 아주 조금은 견딜 수 있게 되었다.

이 책은 혹시라도 다시 상태가 나빠질 수도 있는 나를 위해 기록한 책이기도 하다. 스무 살의 나는 시간이 지나면 괜찮아질 것이라는 말들을 믿지 않았지만, 서른한 살이 되자 믿을 수 있게 되었다. 지금으로부터 10년이 더 흐르면 어떤 생각을 하게 될지 모를 일이다.

영화 〈콜 미 바이 유어 네임〉에 이런 대사가 나온다.

“마음이 빨리 아물길 바라면서 상처를 죄다 떼어내 버리면,

서른 살이 될 즈음에 네가 텅 비어 버릴 거란다.

새로운 사랑이 찾아와도 줄 것이라곤 없겠지.

지금의 고통을 피하고 싶어서 모든 감정을 외면한다면

그건 너무 아깝지 않겠니?

…

네가 어떤 삶을 살아갈지는 순전히 네 선택이지만 꼭 기억하렴.

우리의 몸과 마음은 딱 한 번만 주어지는 거란다.

…

지금의 그 슬픔과 고통을 그냥 무시해 버리지 말고 간직하렴. 네가 느꼈던 기쁨과 함께 말이다.”

영화 속 주인공인 ‘엘리오’의 아빠처럼 스무 살의 내게 누군가 이런 이야기를 해 줬더라면 더 좋았겠지만 이미 지난 일이니 어쩔 수 없다. 대신 흔하디 흔한 말처럼 오늘이 내 남은 날 중 가장 젊은 날이므로 다시금 결심해 본다. 슬픔과 괴로움이 찾아올지라도 씩씩하게 간직하겠다고. 혹시라도 내가 아플까 봐 무서워서 모든 것으로부터 도망치는 일을 그만두겠다고.

그리하여 내가 사랑해 마지않는 모든 순간을 마음 깊이 즐거워하고 오래도록 기억하겠다고.

CHAPTER 5

✖

그리고, 인터뷰

인터뷰를 한 이유

이 책에 인터뷰를 넣을지 말지 한참 고민했다. 여러 이유가 있는데, 상담 치료를 하면서 다른 사람을 관찰하고 상대에게 지나친 애정을 갈구하는 습관을 고쳐 나가는 중이었기 때문이다. 다른 사람에게 덜 의지하려고 일부러 지인과 만남을 끊은 적도 있다. 하지만 내가 나아지는 것에 가장 크게 기여한 사람은 가족과 친구들이다. 치료 과정에서 기대고 징징거릴 여러 사람이 있다는 것은 나에게 아주 커다란 행운이었다.

먼저 친구들과 관계를 어떻게 설정해야 할지 몰라서 친구들을 대상으로 혼자 이런저런 실험을 했다. 그리고 어느 날 갑자기 '나 정신과 약 먹는다!' 하고 대뜸 선언하기도 했다. 친구들은 내 말에 전혀 놀라지 않았다. 내가 몇 번이나 술을 먹고 징징대며 매번 하소연해도 한 번도 싫은 내색을 하지 않았다.

상담 치료 기간에 남자친구에서 레벨 업한 남편. 상담이 끝날 때면 나를 졸졸 쫓아다니며 눈물과 콧물을 닦아 줬다. 상담에서 어떤 이야기를 나눴는지, 내가 느낀 것들을 내 언어로 풀어낼 수 있을 때까지 기다려줬다. 갑자기 내가 책을 마구잡이로 사들여도 내버려 뒀다. 어떤 날은 상담 후에 이야기를 나누지 않거나, 내가 상담 센터에 간다는 사실을 이야기하지 않아도 서운해하지 않았다. 가끔 내가 정말 싫어하는 자세로 핸드폰 게임을 하기도 하지만 괜찮다.

세상에 변하지 않는 것은 없다고 한다. 때로는 그 변화가 서운하고 아쉽지만, 사랑하는 사람과의 관계에서는 조금씩 변한다는 게 어쩐지 다행스럽기도 하다. 서로를 점점 더 많이 품고 이해할 수 있는 방향으로 바뀌어 나가는 것일지도 모르니까.

첫 번째 인터뷰

엔지니어이자 별명은 '참 개발자', 한 대리 남편

Q_ 간단히 자기소개를 해 주세요. 그리고 제가 보기에는 회사와 궁합이 잘 맞는 사람 중 한 명인데, 본인도 그렇게 생각하고 있는지 궁금합니다.

A_ 한 대리의 남편이자 IT 관련 일을 하는 모 대리입니다. 회사와 궁합이 잘 맞는다는 것보다 내가 하는 일과 회사가 잘 맞는다고 생각해요. 코딩으로 프로그램이 잘 돌아가는 것을 보면 재미있고 신기할 때가 있기도 하고요. 물론 회사를 위해 어느 정도 업무 성적도 내면 성취감을 얻기도 하고, 회사로부터 보상을 받기도 하죠. 내가 회사에 제공하는 것과 제공받는 것, 이

둘의 균형이 잘 맞기 때문에 '회사와 궁합이 잘 맞는다'라고 표현하는 것이 아닐까요?
그리고 운 좋게 신입 사원 때부터 내 능력을 알아봐 주는 사람들이 있었어요. 학교 다닐 때 여러모로 실력이 좋던 친구들도 회사에 대한 고민이 많은 것을 보고 느낀 것이 신입 사원 때 성취감을 맛보지 않았다면 지금 어떤 회사 생활을 하고 있을지 궁금하기도 해요.

Q_여자친구가 불안 장애에 대한 어려움을 겪고 있을 것이라고 상상한 적이 있나요? 그리고 '회사 사람 한 대리'는 어땠나요?

A_먼저 내 여자친구가 불안 장애를 겪고 있을 것이란 상상은 하지 못했어요. 회사에서는 워낙 당당했고, 일하는 것도 빠르고 정확했고요. 일단 같이 일하는 사람들을 혼란스럽게 하지 않았어요. 그리고 다른 사람들을 배려하는 모습들도 많이 봤었고요.

Q_연애를 시작하기 전에 우울증이 있다고 횡설수설거린 적이 있었는데 이때는 어떤 생각이 들었나요? 솔직히 꼬시는 중이었으면 당장 집어치웠을 것 같은데 왜 그러지 않았나요?

A_ 누구나 우울함과 아픈 마음을 가지고 있다고 생각했어요. 나 역시도 완벽한 사람이라고 생각하지 않았기 때문이죠.

Q_ 옆에서 한 대리의 정신과 치료를 처음부터 끝까지 지켜봤는데 치료 전과 후는 어떻게 달라졌나요?

A_ 사실 치료를 받기 전에는 어떤 것이 힘든지 조곤조곤 설명해 준 적이 거의 없었어요. 치료를 받기 시작하면서 그간 힘들었던 이유와 왜 그런 기분이 들었는지를 차근차근 설명해 주는 모습이 달라졌지요.

그리고 힘든 일이 있어도 '별일 아니야'라고 생각할 수 있게 된 것 같아요. 더 이상 자신을 자책하지 않으려고 노력하는 모습도 보이고. 그런 모습을 통해서 제 자신을 돌아볼 때도 있어요.

Q_ 상담 치료를 시작할 때와 다르게 약물 치료를 시작할 때 잠시 반대했던 기억이 나요. 이때 어떤 걱정이 들었고, 그 걱정은 현실로 반영이 되었는지 궁금해요.

A_ 너무 약에 의존하게 되지 않을까 걱정했었죠. 하지만 약물 치료를 권한 이유를 듣고는 수긍했어요. 약물 치료에 대한 지식

이 없어서 걱정됐던 것 같아요. 약물 치료가 끝나도 관리만 잘 하면 괜찮으리라 생각해요.

Q_정신과 치료를 받는 사람과 함께 사는 건 어떤가요? 힘들 때도 있을 것 같은데요.

A_처음에는 옆에서 많은 도움을 주고 싶었어요. 뭔가 해답을 줄 수 있는 사람? 정신과 의사와 같은 사람? 하지만 그건 내가 할 수 없는 역할이란 것을 알게 됐어요. 그리고 내 사람이 우울증이 있고 힘들어하는 상황들이 있다는 것을 인정하는 일도 필요해요. 나도 이로 인해 생각을 많이 하는 순간들도 있었죠.

그래서 '내가 할 수 있는 것들은 무엇일까? 무조건 이해하고 배려하는 것이 좋은 방법일까? 네가 나를 통해 안정감을 얻기를 바라지만, 내 생각대로 될까?' 등등의 고민을 많이 했어요.

가끔은 한 대리가 오랜 시간 쌓아 온 생각과 가치관이 벽처럼 느껴질 때가 있는데, 이때 "괜찮아…"라고 말해 줄 수밖에 없을 때 힘들기도 해요. 그리고 한 대리가 받았을 상처에 마음이 아파요.

이런 고민과 생각들은 더 행복하게 살기 위한 과정이라고 생각해요. 다른 부부들은 어떻게 살고 있는지 잘 모르겠지만 이런 과정이 다른 사람들에게는 없는 우리만의 특별함이 될 수 있다고 생각해요.

Q_마지막으로 하고 싶은 말은?

A_처음 한 대리가 책을 쓴다고 했을 때 베스트셀러 작가가 됐으면 좋겠다고 농담한 적이 있네요. 책에 대해서 잘 아는 것은 아니지만 이 책은 '한 대리를 위한 책'이 된다면 충분할 것 같아요. 그리고 언젠가는 이 이야기의 다음 책도 있지 않을까 해요.

두 번째 인터뷰

교사이자 방탄소년단 팬, 한 대리 친구

Q_간단히 자기소개를 해 주세요. 그리고 학교에서 일할 때는 어떻게 버티는지, 어떤 때가 가장 버티기 힘든지 말씀해 주세요.

A_한 대리와 고등학교 1학년 때부터 만나 지금까지 친구인 김 선생입니다. 사실 '버틴다'라는 표현을 쓸 수 있을 만큼 힘든지 잘 모르겠어요. 작년에 첫 담임을 맡으며 교사가 적성에 맞는 일임을 깨닫게 됐어요. 일을 시작한 지 4년 만에 깨달은 셈이죠. 그리고 가장 큰 스트레스를 콕 집는다면 인간관계! 일에서 오는 스트레스는 일을 해결하면 되는데 인간관계에서 오는 스트레스는 스스로 해결이 잘 안 되더라고요.

Q_ 힘들 때는 보통 어떤 것들을 하나요? 또 아무것도 하지 않을 때는 어떤 생각을 하나요?

A_ 보통 주변인들에게 하소연하는 편인데 그것으로 해소가 안 되는 경우는 그냥 잊으려고 노력하는 것 같아요. 내가 그걸 계속 떠올리며 상처받고 괴롭기보다는 쇼핑을 하거나, 방탄소년단 덕질을 하거나, 책을 읽거나, 사진을 정리하거나 아예 잠을 자거나 등…. 다른 일을 하면서 생각을 안 하려고 하는 것 같아요. 사실 회피하는 것이기도 한데 이것도 한계에 다다르면 몸이 아프더라고요.

Q_ 사회생활을 잘하는 사람의 기준은 무엇이라고 생각하나요? 그리고 우리는 왜 이렇게 힘들어하는 걸까요?

A_ 개인 생활과 사회생활의 '나'를 잘 분리하는 사람이 사회생활을 잘하는 사람 같다고 생각해요. 그러면 아무리 사회생활을 하면서 안 좋은 일이 생겨도 내 개인 영역으로 끌고 오지 않아서 의연하게 대처하고 좀 쿨해지는 것 같더라고요. 근데 한 대리와 저 또는 보통 사람들은 그 분리가 잘 안 되는 것 같아요. 그러니까 사회생활을 하면서 받은 스트레스를 온통 다 끌고

와 머리를 싸매고 고민하고 힘들어하며 끊임없이 고통을 받죠. 이렇게 스트레스를 받지 않으려고 정말 많이 노력하는 편인데 진짜 어려워요.

Q_평소 한 대리를 부모님 빼고 가장 많이 봤을 텐데, 고등학교 때 한 대리를 어떻게 기억하고 있나요? 고등학생 한 대리는 성격이 밝았나요? 아니면 좀 우울한 편이었나요?

A_고등학생 한 대리는 전혀 우울하다고 느껴지지 않았어요. 그냥 또래보다 좀 더 성숙하고 차분하며, 생각이 깊다는 느낌을 많이 받았던 것 같아요. 근데 한 대리가 항상 좀 처지는 음악을 듣는 게 신기했어요. 음악 취향이 너무 달라서 그랬지만 난 한 대리를 좋아해서 그런지 그런 취향이 좀 있어 보였어요. 아무리 있어 보이는 취향을 만들려 해도 너무 막 기분이 쳐지고 다운돼서 한 대리가 듣는 음악들은 들을 수가 없었죠.

Q_지난 몇십 년 동안 한 대리에게 변한 점이 있다면 어떤 것이 있을까요?

A_고등학교 때 한 대리의 30%만 알고 있었다면 대학생이 되어

서는 40~50%를 알게 되었고 그 이후에는 그 퍼센트가 점점 늘어서 뭔가 한 대리라는 사람이 가진 큰 스펙트럼을 알게 되었다고 할까? 예를 들어 한 대리랑 조금 친한 사람들은 한 대리를 'A와 같은 사람'이라고 단정을 짓는다면, 저는 한 대리를 'A'라고 단정을 짓기보다는 'A와 같은 부분도 있고 B, C, D, E, F 같은 면'도 있다고 지금은 말할 수 있을 것 같아요. 한 대리가 고등학생 때와 달라진 게 아니라 한 대리를 인지하는 내 관점이나 시야가 달라졌다고 설명하는 게 나을 것 같아요.

Q_처음으로 심리적 문제들을 털어놓았을 때 기억나는지, 이때 어떤 생각이 들었고 당황스럽지 않았는지?

A_한 대리가 가진 심리적 문제를 얘기한 건 내가 공황 발작을 겪은 것 같다고 이야기했을 때인 것 같아요. 이때 사실 조금 놀랐죠. 나쁜 의미의 놀람이 아니라 그냥 그렇게 오래전부터 상담을 받았는지도 몰랐고 스트레스로 힘들다고 전혀 말도 안 했고 티도 안 냈으니까요…. 그런데 이전에 가족 문제에 대해 진지하게 얘기한 적이 있었어요. 이날 어쩌면 좀 피하고 싶은 소재의 대화를 하면서 서로를 깊이 이해했다는 점도 좋았고 서로의 아픔이나 힘듦을 잘 나눴다는 점이 되게 기뻤다고 해

야 하나? 뿌듯하다고 해야 하나? 되게 따뜻한 감정이 들어서 이날은 되게 좋은 기억으로 남아 있어요.

Q_마지막으로 하고 싶은 말은?

A_우리는 잘 견디고 있고 행복을 위해 열심히 노력하는 중이라고 생각해요. 이젠 그 노력하고 견디는 과정에서 행복함을 함께 찾아봅시다!

P.S 베스트셀러 작가 돼서 RM 만나게 해 줘.

울면서 뚜벅뚜벅

이 책에 모든 것이 괜찮아질 것이라는 위로를 담아야 할 것 같았다. 하지만 우리는 모두 알고 있다. 정말로 안 좋은 일이 일어날 수도 있다는 사실을. 회사 안에서든 밖에서든 슬픈 일은 갑작스러운 사고처럼 예고 없이 찾아온다.

이럴 때는 나를 거쳐 갔던 수많은 '안 좋은 기억'에 대해 생각한다. 주머니에 천 원도 없고 도움을 청할 곳도 없었던 기억, 가족이 많이 다쳐서 세상을 떠날 수도 있다고 생각했던 기억, 주변 사람들이 나를 이해할 수 없는 이유로 등진 기억 등 여러 기억을….

이 모든 것을 다 견디고 이겨 낸 내가 여기에 이렇게 살아서 숨 쉬고 있다. 아직 온전히 이겨 내지 못한 부분이 있어서 뒤늦은 마음의 숙제를 하고 있지만 나는 내가 이 또한 버틸 수 있음을 알고 있다.

울면서 퇴근하고,

또 울면서 출근해도 괜찮다.

그렇게 버티며 보낸 날들이 모여

긴 역사가 된다.

불안 장애가
있긴 하지만
퇴사는
안 할 건데요

초판 1쇄 인쇄 2020년 7월 8일 **초판 1쇄 발행** 2020년 7월 17일

지은이 한 대리
펴낸이 연준혁

편집 2본부 본부장 유민우
편집 3부서 부서장 오유미
편집 손민지
디자인 김준영

펴낸곳 ㈜위즈덤하우스 **출판등록** 2000년 5월 23일 제13-1071호
주소 경기도 고양시 일산동구 정발산로 43-20 센트럴프라자 6층
전화 031)936-4000 **팩스** 031)903-3893 **홈페이지** www.wisdomhouse.co.kr

ISBN 979-11-90908-11-5 03810

이 도서의 국립중앙도서관 출판예정도서목록(CIP)은 서지정보유통지원시스템 홈페이지(http://seoji.nl.go.kr)와 국가자료종합목록시스템(http://www.nl.go.kr/kolisnet)에서 이용하실 수 있습니다. (CIP제어번호: CIP2020026486)